アーニャは、きっと来る

マイケル・モーパーゴ 作
佐藤見果夢 訳

評論社

アーニャは、きっと来る

装幀　川島　進
表紙装画　hiroko

第一章

ジョーは、いつの間にかうとうとしていた。父さんから、注意されていたというのに。

「杖《つえ》を削《けず》るもいい、ベリーを摘《つ》んでも、食べても、ワシをさがしてもいい。何かをすることだ。何もせず座《すわ》って、朝日を浴びて、ヒツジの鈴《すず》の音だけ聞いてたら眠《ねむ》くなるに決まってる。ともかく目を動かすんだ、ジョー。目を忙《いそが》しく動かせば、脳《のう》みそも眠らない。何をするにせよ、横にはなるな、ジョー。座るのはいいが、寝《ね》そべってはだめだ」

頭では、わかっていた。でも、朝の五時半に起きて、百頭のヒツジの乳《ちち》しぼりを済《す》ませたジョーは、疲《つか》れていた。それに、ヒツジたちは、のんびりくつろいで放牧場で草を食べている。ジョーの隣《となり》では牧羊犬のロウフが前足に顔をのせて、ヒツジを目で追って、見守っている。

ジョーは岩に寄《よ》りかかって、ヒバリが空高く舞《ま》い上がるのをながめていた。なぜヒバリは太陽が出ると鳴くんだろう？　村の教会の鐘《かね》が、遠くかすかに聴《き》こえる。ジョーの住むレスキュンは山に囲まれた谷間の村で、村人は主にヒツジやウシを飼《か》って生活している。飼うと言うより、ヒツジやウシといっしょに暮《く》らしているのだ。どの家も、家の半分を家《か》畜《ちく》用にあてている。一階は搾乳《さくにゅう》場で、その上は干《ほ》し草《くさ》置き場だ。そして、家の前庭には壁《かべ》を立てたヒツジの囲いがある。

ジョーにとっては、この村が全世界だった。十二歳《さい》の今日まで、村から出たことは数えるほどしかなく、そのうちの一回は二年前、戦争に行く父さんを駅へ見送りに行った時だった。村の男は、みんな戦争に行ってしまった。若過《わかす》ぎる者と、年を取り過ぎた者以外。「ドイツ野郎《やろう》」をやっつけて村にもどってくるまで、それほどかからないと、みなは言っていた。ところが、いざニュースが届《とど》いてみると戦況《せんきょう》は信じられないほど悪かった。最初に入ってきた噂《うわさ》はフランス軍の退却《たいきゃく》で、次にはフランス軍の敗北、そしてフランス軍崩壊《ほうかい》、イギリス軍の海峡《かいきょう》への敗退《はいたい》と続いた。最初はジョーも、村の人々も、そんな噂など信じなかった。けれど、ある朝、村役場の前の通りで、おじいちゃんが大っぴらに涙《なみだ》を流しているのを見たら、ジョーも信じないわけにいかなくなった。やがて、父さんが捕虜《ほりょ》となってドイツにいるという知らせが届いた。兵隊に行った村の男は、みんな似《に》たような境遇《きょうぐう》だった。違《ちが》ったのはジョーの従兄《いとこ》のジャン・マーティで、ジャンは、帰らぬ人となった。ジョーは丘《おか》に寝転《ねころ》び、戦死した従兄のジャンの顔を思い出そうとしたが、できなかった。あの咳払《せきばら》いと、シカのようにしなやかに山を駆《か》けおりるすがたは、耳と目に残っているというのに。ジャンより速く走れるのは、ユベールだけだった。ユベール・サートルは村一番の大男だが、幼児《ようじ》の心を持ち、意味のある言葉はひと言かふた言しか話さない。もぐもぐつぶやいたり、うなり声やキーキー声を出すだけだったが、それでも言いたいことはだいたい伝わる。忘《わす》れられないのは、他の男のように兵隊になれないと告げられたユベールが大泣きしたことだ。

教会の鐘《かね》の音《ね》とヒツジの鈴《すず》の音が混《ま》ざりあって気《け》だるい音楽となり、ジョーを夢《ゆめ》に誘《さそ》いこむ。

ロウフは滅多《めった》に吠《ほ》えない犬だった。白い大きなグレートピレニーズで、年のせいで足が悪いが、今でも村一番の犬で、自分でもそれを心得ていた。そのロウフの吠え声がする。しわがれた吠え声が聞こえたとたんに、ジョーの目が覚めた。起き上がると、ヒツジのすがたがない。ロウフが、どこか後ろの方で、また吠えた。森の中だろうか？　ヒツジの鈴がけたたましく鳴り続け、悲鳴のような甲高《かんだか》い鳴き声が響《ひび》く。ジョーはあわてて立ち上がってロウフに向かって口笛を吹《ふ》き、ヒツジを集めて来いと言った。森の中からヒツジがバラバラと出て来て、飛び跳《は》ねながらジョーの方へ駆《か》けよってくる。森のはじに、はぐれたヒツジが一匹《ぴき》いると思った。けれど、良く見るとそれは、吠えながら後ろに下がってくるロウフだった。背中《せなか》の毛を逆《さか》だて、歯をむきだして激《はげ》しく吠《ほ》えている。わき腹《ばら》が血で汚《よご》れている。もどって来いと叫《さけ》びながら走り出した時、クマのすがたが目に入ってジョーは足がすくんだ。森から日の当たる場所に出て来たクマは、立ち上がって空をあおいだ。ロウフはその場に踏《ふ》みとどまり、わなわなと全身を怒《いか》りで震《ふる》わせて吠えかかっている。

ジョーは、村のカフェの壁《かべ》に飾《かざ》ってあるクマの毛皮以外、間近でクマを見たことがなかった。後足で立ち上がったクマは、大の男の背丈《せたけ》ほどもある。クリーム色がかった茶色の毛におおわれ、鼻先だけが黒い。助けを呼《よ》ぼうにも声が出ず、走ろうにも足が動かない。ジョーは、ただ魅《み》せられたように、クマから目が離《はな》せずに立ちつくしていた。その時、おびえたヒツジがジョーにぶつかってきて、足をすくわれた。反射的《はんしゃてき》に立ち上がったジョーは、ふりかえりもせずに村へ向かって一目散に駆《か》けだした。バランスをとるために両手を振《ふ》って、ジョーは山道を駆け下りた。何度かつまずいて転んだが、その度に立ち上がってまた走った。スピードが上がるにつれて足がさらに速くなり、そうなるとほんの小さな石や草にもつまずいて転ぶようになった。ジョーは傷《きず》だらけ、血だらけになって村への道に入った。足をひきずり、頭を反《そ》らせ、息が続く限《かぎ》り叫びながら走った。

村に入った時には、息が切れて言葉が出なかった。けれど、ひと言で充分《じゅうぶん》だった。

「クマ！」ジョーは、そう言って山を指さした。そのあと、村人に伝わるまで、みんなが信じてくれるまで、何度も何度も繰《く》り返《かえ》した。やがて母さんが来て、ジョーの肩《かた》を抱《だ》き、周りを囲む村人たちの騒《さわ》ぎに負けない大声で話しかけた。

「ジョー、大丈夫《だいじょうぶ》？　けがしてるの？」

「母さん、ロウフが血まみれなんだ」ジョーが荒《あら》い息をついて言った。

「ヒツジはどうした？」おじいちゃんが大声で聞いた。

「わからない。わからないよ」ジョーは首を横に振った。

ユベールの父親で、ジョーが生まれてからずっと村の村長をしているムッシュ・サートルが、大声で仕切ろうとしたが、村人はだれも耳を貸《か》さず、勝手に銃《じゅう》や犬を取りに行ってしまった。そして、何分もたたないうちに、広場に集合していた。馬にまたがる人もいるが、ほとんどは歩きだ。子どもたちは、母親や祖母や叔母《おば》に見つかって、家に閉《と》じ込《こ》められた。けれど、うまくその手を逃《のが》れて路地にもぐった子は、村を出発するクマ狩《が》り部隊についで行った。クマ狩りは一生に一度の出来事だから、見逃せない。伝説となるような事《じ》件《けん》が、今まさに起きているのだから。ジョーはおじいちゃんに泣きついたが、おじいちゃんにはどうすることもできなかった。母さんが絶対《ぜったい》に許《ゆる》さないのだ。どれほど抗議《こうぎ》しようが、鼻とひざから盛大《せいだい》に出血しているジョーは家に閉じ込められ、傷の手当をされ、包帯を巻《ま》かれた。母さんが血をふきとる間、妹のクリスチナが大きな目でジョーを見つめて、聞いた。

「ジョー、クマはどこ？　クマはどこにいるの？」

母さんは、顔色が幽霊《ゆうれい》みたいに青白いから横になりなさいと、ジョーに繰《く》り返《かえ》した。最後にもう一度おじいちゃんに頼《たの》んだものの、おじいちゃんは誇《ほこ》らしげにジョーの髪《かみ》をなでてから部屋の隅《すみ》のライフルを取ると、村人たちといっしょにクマ狩《が》りに行ってしまった。

「ねえジョー、クマは大きかった？」クリスチナがジョーの腕《うで》を引いて聞いた。クリスチナはジョーから離《はな》れず質問責《しつもんぜ》めにした。

「ユベールぐらい、大きかった？」クリスチナは自分の手を上げて聞いた。

「もっと大きいよ」ジョーが答えた。

負傷兵《ふしょうへい》のように包帯を巻《ま》かれたジョーは、寝室《しんしつ》に入れられ、毛布《もうふ》でくるまれた。けれどおとなしくしていたのは、母さんが部屋にいる間だけだった。母さんが出て行ったとたんにベッドから飛び出して、窓辺《まどべ》に走ったが、窓からは村の細い道と灰色《はいいろ》の屋根しか見えない。あとは、教会の塔《とう》の向こうに、ところどころ雪をかぶったギザギザした形の山々の峰《みね》がかすかに見えるだけだ。村には人影《ひとかげ》がまったくなく、ラサール神父一人が、風で飛ばされないように帽子《ぼうし》を押《お》さえながら道を急いでいた。

午後じゅうジョーは、雲が垂《た》れこめて谷を飲《の》み込《こ》むようすを窓からながめていた。やがて教会の鐘《かね》が五時を打ってすぐ、遠くで吠《ほ》える犬たちの声と、それに続いて一斉射撃《いっせいしゃげき》の銃声《じゅうせい》が山々にこだまするのが聞《き》こえてきた。そのあと、村じゅうが恐《おそ》ろしいほどの静けさに包まれた。

三十分後、ジョーは村に残った人たちといっしょに広場に出て、勝ち誇った行列が通りを練《ね》り歩くのを出迎えた。おじいちゃんが先頭で、その隣《となり》でユベールが飛び跳《は》ねながら歩いている。

「仕留《しと》めたぞ」おじいちゃんが大声で叫《さけ》んだ。「仕留めた。さあユベール、手を貸《か》して。手を貸してくれ」そして二人はカフェに入って行き、ひとつずつ椅子《いす》を持って来て、戦没《せんぼつ》者記念碑《しゃきねんひ》の前に置いた。

四人の男がかつぐ長い棒《ぼう》から下がるクマの身体が見えて来た。巻き上がった舌《した》から血が滴《したた》っている。クマの死体は二脚《きゃく》の椅子の上に置かれたが、椅子の横から脚《あし》がぶらさがり、鼻面は背《せ》もたれに押《お》し付けられている。ジョーはロウフをさがしてあちこち見たが、どこにもいない。おじいちゃんに聞いたけれど他のみんなと同じで、クマ狩りの話に夢中《むちゅう》か、写真におさまるのが忙《いそが》しくて、らちがあかない。食料品店主のアルマン・ジョレが、写真の真ん中に立った。どうやらクマを仕留めたのはアルマンらしい。上機嫌《じょうきげん》で自分の功績《こうせき》を言いふらし、得意げな丸顔を真っ赤にほてらせている。

「二百メートルばかりの距離《きょり》だったな。この私《わたし》が、見事にあのオスグマの眉間《みけん》を打ちぬいたんだ」

「メスでしょう」クマを調べていたラサール神父が訂正《ていせい》した。

「どっちだっていいでしょう？　オスでもメスでも、クマの毛皮は高く売れる」アルマン・ジョレが言った。

写真撮影《さつえい》に続いてお祝いの宴《うたげ》が始まり、その間だけ人々は戦争を忘《わす》れたようだった。戦死した従兄《いとこ》のジャンの若《わか》い奥《おく》さんのマリーまで、みんなといっしょに笑っていた。みんなの熱狂《ねっきょう》に流されたのだろう。ユベールは手をたたいたり、滅茶苦茶《めちゃくちゃ》に飛び跳《は》ねて騒《さわ》いでいたが、そのうちに立ち上がったクマのまねをして、大声で子どもたちを追いかけ始めた。

「クゥマァ！　クゥマァ！」

ジョーはクマの死骸《しがい》を見下ろして、その背《せ》をなでてみた。みっしりと生えた毛は長く、柔《やわ》らかく、身体はまだ温かく、そこには命の名残《なごり》が残っているようだった。そのときジョーの靴《くつ》に、クマの鼻から滴《したた》った血がぽたりと落ちた。それを見たとたんに、ジョーははき気を感じた。ところが、回れ右をして駆《か》けだそうとしたとき、ムッシュー・サートルがジョーの肩《かた》を抱《だ》き、群衆《ぐんしゅう》に向かって演説《えんぜつ》を始めたのだ。

「この少年こそが、お手柄《てがら》だった。ジョー・ラランデがいなかったら、このクマを仕留《しと》めることなど叶《かな》わなかったのだ。レスキュンでクマを仕留めたのは、この二十五年来のことだ」

「三十年でしょう」ラサール神父が訂正した。

村長は神父を無視《むし》して続けた。「村のヒツジが何頭このクマの餌食《えじき》になったかは、神のみぞ知るだ。その点、ジョーにおおいに感謝《かんしゃ》しないといけない」

群衆の最前列にいる母さんの目が自分に笑いかけたが、ジョーは笑いかえすことができなかった。村長がワインのグラスを上げた。その頃《ころ》には、ほとんどの人が手にグラスを持っていた。

「それでは、ジョーに乾杯《かんぱい》！　クマに乾杯！　ドイツ野郎《やろう》を打ち負かせ！」

「クマ万歳《ばんざい》！」だれかの声に続く人々の笑い声が、ジョーの頭にこだました。ジョーは、立っていられなくなり、村長の手を振《ふ》りほどいて駆けだした。もどってらっしゃいという母さんの呼《よ》び声を無視して。

村長の演説を聞くまで、自分が果たした役割《やくわり》に気づいていなかった。命を失い、広場の椅子《いす》の上に身体を横たえるメスグマがいる。すべては自分のせいだ。しかもロウフはまだ丘《おか》のどこかにいて、喉《のど》を切り裂《さ》かれているかもしれない。何もかもジョーが居眠《いねむ》りさえしなければ、起きなかったことだ。

ジョーはヒツジの放牧地への道をもどり、森の方へ登って行った。そこで立ち止まると、声が枯《か》れるまで何度も何度も繰《く》り返《かえ》しロウフを呼《よ》んだ。それなのに、答えるのはカラスの鳴き声だけだった。ジョーはあふれる涙《なみだ》をぬぐい、冷静になって最後にロウフを見た正確《せいかく》な場所を思い出そうとした。もう一度ロウフを呼び、口笛を吹《ふ》き鳴らしたが、雲がこだまを吸《す》い取ってしまう。見上げると、もう少しも山が見えなくて、濃《こ》い霧《きり》が立ち込《こ》めてきた。あたりはシーンと静まり返り、風のささやきさえ聞こえないほどだ。ヒツジがいた場所はわかった。木の幹《みき》に羊毛がひっかかり、あちこちにフンや、足跡《あしあと》がある。血の跡も見つけた。ロウフの血だろうか、一本の木の根元に、小さな茶色い血だまりができている。

その音が耳に入った時、はじめは何の音かわからなかった。雲の中を飛ぶノスリの鳴き声かと思った。けれど、もう一度聞こえてきた時、わかった。犬の鳴き声だ。遠くかすかだが、間違《まちが》えようがない。ジョーはロウフを呼びながら、斜面《しゃめん》を登って行った。走ることができないぐらい急な登りだった。

「今行くよ、ロウフ。今行くよ」低く垂《た》れる枝《えだ》の下をくぐり、倒木《とうぼく》を乗り越《こ》え、ひっきりなしに呼びかけながら登った。

鳴き声が途切《とぎ》れると、聞いたことのない奇妙《きみょう》なうなり声のようなものが聴《き》こえてきた。やがて、思ったより早くロウフのもとに着いた。岩のようにどっしり座《すわ》ったロウフの背中《せなか》が木の間越《こまご》しに見える。頭を下げて、何かを見ている。後ろから近づくジョーをふりかえりもしないで、小さな洞穴《ほらあな》の入口にいる何かをじっと見ている。その茶色い、小さな何かが動いた。それはクマの子だった。暗がりに座って、前足をロウフに振《ふ》り上げている。ジョーがしゃがんでロウフの首に手を置くと、ロウフはジョーを見て嬉《うれ》しそうな鼻声を出した。そして唇《くちびる》をなめ、再《ふたた》び緊張《きんちょう》してクマの子に注意をもどした。クマの子はよろよろと巣穴のわきにもどって、足を広げてうなり声を出した。それはまだまだうなり声にはならず、お腹《なか》が空いたと訴《うった》え、助けを求め、母親を呼ぶ声だった。

「ロウフ、この子も殺されるよ。村の人に見つかったら、捕《つか》まえて殺すだろう。母グマのように」子グマを見てささやきながら、ジョーはロウフをなでた。血でぬれていると思ったが、見たところロウフには傷《きず》はなさそうだ。

その時突然《とつぜん》ロウフが立ち上がった。後ろをふりかえって毛を逆《さか》だて、喉《のど》の奥《おく》からうなっている。ジョーもふりかえった。木立《こだち》のはずれに、男が立っている。汚《よご》れた黒い外套《がいとう》を着て、古びた帽子《ぼうし》をかぶった男だ。ジョーと男はしばらく見つめ合った。ロウフがうなるのをやめ、しっぽを振り始めたではないか。

「また来たよ」近づきながら男がロウフに話しかけた。帽子の分を足しても背は高くない。近くで見ると、やつれて老けたようすだが、赤さびのようなひげに白いものは混《ま》じっていない。片手《かたて》にワインのビン、もう片方の手に杖《つえ》を持っている。

「ミルクだ」男はビンを差し出しながら言い、ロウフがにおいをかごうとすると笑った。

「おまえのじゃないよ」そしてロウフの頭をなでながら、続けた。「ちびちゃんのだ。腹《はら》を空かせているからな。この杖を持っていてくれる？」男がジョーに言った。「この子をおびえさえたくないだろう？」男は、帽子《ぼうし》と杖《つえ》をいっしょにジョーに渡《わた》して、外套《がいとう》を脱《ぬ》いだ。

「おれは全部見てたよ。きみが走って行くのも見た。この犬は、きみのだろう？」

ジョーはうなずいた。

「トラみたいに勇敢《ゆうかん》に戦うな。あれほどのクマだもの、一瞬《いっしゅん》で頭をもぎ取られるところだったよ。前足の一撃《いちげき》だけでな。でも、この犬は運が良かった。耳を少し切られて出血していたが、すぐに治療《ちりょう》してやったんだ。そうだろ？　今は元通りピンピンしてる」男はかがんで、岩の上にミルクを少したらした。「さあ、このちびちゃんに少し飲ませられるかどうか、やってみよう」男は二、三歩後ろに下がって、ひざをついた。「じきに匂《にお》いをかぐだろうよ。少し待ってみよう。きっとがまんできなくなる」そして、かかとにしりを乗せて座《すわ》った。

子グマは巣穴《すあな》の暗がりから出て来て鼻先を上げ、空気の匂いをかいだ。

「おいで。おいで、ちびちゃん。ひどいことはしないから」男が言って、ゆっくり手をのばすと、もう少しミルクを注《そそ》いだ。今度は、もう少し子グマに近い場所に。「あれは、遠ざけたんだな」

「何です?」ジョーが聞いた。

「母グマだよ。おれはずっと考えてたんだ。あの母グマは、この子グマから人間を遠ざけたんだろう。わざと自分を追わせた。それどころか、ハンターを引きずり回したよ。狩《か》りのようすを見たかい?」ジョーは首を横に振《ふ》った。「母グマは、ハンターを引き連れて、まっすぐ谷をおりて行った。おれは一部始終を見ていたんだ。まあ、全部とは言えないけど。なぜって、最初はどうしてあのクマがあんなことをしているのか、わからなかったからだ。そのあと、家に帰る途中《とちゅう》森を通ったら、このちびちゃんがいて、きみの犬がここでちびちゃんを見ていたんだ。きみの犬は血だらけだったよ。血をふいて手当をしたあと、ミルクを取りに家にもどった。それしか、考えられなかった。ほらね、もう飲みに来る」

子グマは、おそるおそる近寄《ちかよ》ってきて、前足でミルクにさわり、匂いをかぎ、なめて味わうと、すぐに音をたててピチャピチャ飲みだした。そのとき、男が片手をさっとのばして、自分のひざの上に子グマを抱《だ》き上げた。子グマは足をばたばたさせてもがき、怒《おこ》って引《ひ》っ搔《か》こうと鳴き声をたてていたが、やがて暴《あば》れる手足もしっかり抱きとめられてしまった。子グマの顔はミルクで真っ白になったが、口にしっかりビンをくわえて飲んでいる。男がジョーを見上げて微笑《ほほえ》んだ。ひげをミルクだらけにした男は、自分の口のまわりをペロリとなめた。「そら、捕《つか》まえた」そう言ってクスクス笑いだし、やがて大笑いになった。子グマはビンが空になってもまだ口にくわえて、はなさない。

「この子は死んじゃうでしょ？　一人で残されて」ジョーが聞いた。

「いいや、死なない。死なせないさ」そう言って、男は子グマのあごの下をくすぐった。

「だれかが、こいつのめんどうを見ないといけないが」

「ぼくは無理です。殺されちゃう。ぼくの家に連れて帰ったら、殺される。絶対《ぜったい》そうなります」ジョーが子グマの前足の肉球に触《さわ》ってみると、思ったより硬《かた》かった。男は、ゆっくりうなずきながら、しばらく考えていた。

「そうだな。それじゃあ、おれがめんどうを見るか」男が言った。

「それほど長くはかからないだろう。きっと一か月か、せいぜい二か月もすれば、自分でなんとか生きていけるようになると思う。おれは、ほかにやることもないしな。今のところは」一瞬《いっしゅん》視線《しせん》が合ったとき、どこかで会った人のような気がしたが、思い出せない。ジョーは、この谷に住んでいる人は、一人残らず知っている。一人一人の名前は覚えていないが、住んでいる場所か、顔はわかるはずだ。

「おれがだれだか、わからないんだろう？」ジョーの考えが読めるかのように、男が言った。ジョーはうなずいた。「じゃあ、お互《たが》い様《さま》ってことだな。だって、おれもきみのことを知らないから。たぶん、知らないままにしておくほうがいいだろう。ひと言ももらさないと、約束してほしい。わかったな？」急に男の声が、真面目になった。「子グマなどいなかった。おれにも会わなかった。すがたも見なかった。このことは、一切なかったことにする」男が手をのばして、ジョーの腕《うで》をギュッとつかんだ。「だれにも言わないと約束するんだ。お父さんにも、お母さんにも、親友にも、だれにも決して言わないと約束してくれ」

「わかりました」怖《こわ》くなってきて、ジョーはそう答えた。すると、腕をつかむ男の力がゆるんだ。

「いい子だ、いい子だ」男はそう言って、ジョーの腕をそっとたたいた。

男が上を見上げた。二人の頭上の梢《こずえ》から、霧《きり》がおりてきている。「そろそろもどったほうがいいな。この霧に巻《ま》かれたら、迷子《まいご》になってしまう」男が言った。

立ち上がった男に、ジョーは帽子《ぼうし》と杖《つえ》を渡《わた》した。「その犬を、しっかり捕《つか》まえておいてくれよ。家まであとをつけて欲しくないからな。人が行くところなら、他の人もついて行けるってこと。わかるだろ？」男が言ったが、ジョーには、よくわからなかった。子グマは男の肩《かた》によじ登り、首に片手《かたて》をまわしている。「好かれているようだな」そう言って男は背《せ》をむけて行きかけたが、ふと立ち止まった。「今日のことで、自分を責《せ》めることはないよ。きみは、自分の仕事をしただけだから。そして、母グマも自分のするべきことをした。それだけのことさ。それに……」子グマが男の耳にクンクン鳴きかけたので、男は笑顔になった。「それに、今日のことがなかったら、おれたちが会うこともなかったからな、そうだろ？」

「ぼくたち、会ってませんよ」そう言いながらジョーは、男を追おうとするロウフの襟首《えりくび》をつかまえた。男が笑い声をあげた。

「そうだった。会ってない、会ってない。会ってないんだから、さよならも言えないよな」男は背を向けて杖《つえ》を頭の上で振《ふ》ると、木立《こだち》の奥《おく》へと歩み去った。子グマは、男の肩《かた》にあごをのせていた。ジョーを見返す子グマの目が、まるでミルク色をした小さな二つの月のように見えた。

第二章

　男の足音が聞こえなくなるまで、ジョーはその場に立ちつくしていた。悪夢《あくむ》のようだった今日一日が、急に素晴《すば》らしい日に変わった。覚めずにいてほしい夢《ゆめ》のようだ。今ここから去ったら、あの男の人にも、クマの子にも、二度と会えないだろう。あの人がだれなのか、どこへ行ったのか、知りたい。いけないとはわかっているけれど、跡《あと》をつけよう。

　言いつける前に、ロウフは男の匂《にお》いを追い始めた。当たり前のように森の中に分け入っていくから、ジョーはそれを追いかけた。時々足を止めて耳をすましたが、聞こえるのは前を行くロウフのしっかりした息づかいと、木々を縫《ぬ》っておりるひそやかな霧《きり》のささやきだけだった。しばらく行くうちに、道をはずれたので、ロウフが匂いを見失ったのかと思った。そびえる崖《がけ》をよじ登るかと思うと、木の枝《えだ》につかまらなければ下りられないような箇所《かしょ》を下りる。一度通った道をまたもどり、同じ場所をグルグル回っているようにも思えたが、ロウフは自信ありそうな足取りで進んで行き、ようやく森をぬけた。気が付くと、一軒《けん》の農場のスレート屋根を見下ろしていた。

ジョーはこのあたりには来たこともないし、こんな風に上から見たこともなかったが、どこだかすぐにわかった。あれは、オルカーダばあさんの農場だ。オルカーダばあさんは、一人で丘《おか》の上の農場に住んでいる。孤独《こどく》な暮《く》らしを好んでいるのだろう。昔は旦那《だんな》さんがいたらしいが、ジョーは会ったことがなく、話を聞いたこともない。みんなが知っていることといえば、旦那さんが亡《な》くなったあと、ばあさんはブタを飼《か》って暮らしを立てているが、そのブタがしょっちゅうあちこちにさ迷《まよ》い出て、村人の頭痛《ずつう》の種になっていることだった。ウシも一頭いて、あとはハチミツを作っている。村を見下ろす丘の上には、ばあさんのハチの巣箱がいくつも置いてあった。ちょうど今ジョーが立っている場所から下の方にも、巣箱が一列並《なら》んでいる。ほんの数メートルのところだが、一匹《ぴき》もハチは見えない。

オルカーダばあさんの農場には近づきたくないが、理由はハチではなかった。

オルカーダばあさんは村人に好かれていない。母さんはいつも、あの人は不吉《ふきつ》だと言っていた。でも、おじいちゃんは頑強《がんきょう》にオルカーダばあさんをかばった。村の子どもたちがつけたあだ名は「クロゴケグモ」で、それは、ばあさんがしょっちゅう頭にかぶっている長い真っ黒なショールのせいだけではない。ジョーだけでなく、村じゅうの子どもが、ばあさんから一度ならずきつい言葉を浴びせられていた。あの人は子ども嫌《ぎら》いを隠《かく》そうともしないし、特に男の子が大嫌いだ。あの家には近寄《ちかよ》らないほうがいい。これ以上行くのはやめよう。ところが、引き止める前にロウフが巣箱を通り越《こ》して農場の方へおりて行ってしまった。ジョーは、「待て」とロウフに聞こえる程度《ていど》の声でささやきながら、あとを追ったが、ロウフは止まらなかった。家の下の方にある狭《せま》い囲いで草を食べているメウシが、草を引《ひ》っ張《ば》ってこちらを見上げると、首につけた鈴《すず》が音をたてた。塀《へい》で囲った庭は、ブタの鼻息と鳴き声であふれかえっている。ブタが大嫌いなロウフは、嬉《うれ》しくなさそうで、塀の外に座《すわ》り込《こ》んでジョーを待っている。家に明かりがともり、一階で動く人影《ひとかげ》が見えた。中から二人の人間の声が聞こえる。言い争いをしているようだが、遠すぎて、何を言っているのかはわからない。ただ片方《かたほう》が、ジョーが会った男の声なのは確実《かくじつ》だった。

ジョーが塀を飛び越えて、身体を低くして庭を突《つ》っ切《き》って窓《まど》まで走ろうとした時、一匹《ぴき》のオスブタが怒《おこ》った目つきでこちらに向かってくるのが見えた。それで、ジョーは建物の裏側《うらがわ》へまわった。裏側には窓がひとつしかなく、家の中を見るには、壁際《かべぎわ》に積んだ薪《まき》の山に登るほかない。ジョーは慎重《しんちょう》に登り、窓からのぞき込んだ。

家には、二人の人がいた。男の人は流しの上にかがんで顔を洗《あら》っていて、ストーブのそばの椅子《いす》にこしかけたオルカーダばあさんは、熱心に編《あ》み物《もの》をしている。首を横に振《ふ》りながらしゃべっているが、何を言っているのかジョーには聞きとれない。男はタオルで顔をふきながら話をしている。

「あの男の子は、心配いらないさ」男が言った。「おれがだれかも、どこに住んでるかも知らないんだから、大丈夫《だいじょうぶ》」男はタオルを椅子《いす》の背《せ》にかけて、ひげをこすりながらテーブルについた。「ひげはやっかいだ。なかなか乾《かわ》きやしない」ジョーは、それを聞いた瞬《しゅん》間《かん》、以前どこでその男に会ったかを思い出した。

あれは、父さんが戦争に行く前の夏のことだ。ジョーは、父さんといっしょに山の上の牧草地に連れて行ってもらった。初めて連れて行ってもらえたのだ。三か月の間、二人は山小屋に寝泊《ねと》まりして、毎朝ヒツジの乳《ちち》をしぼり、チーズを造《つく》り、そしてまた夕方の乳しぼりをした。重労働だったけれど、楽しい日々だった。父さんと二人っきりで過《す》ごしたひと夏。ワシが住む高山で暮《く》らしたひと夏。山道を登ってくる人たちは、たいてい「おはようございます」と声をかけて通るか、湧《わ》き水《みず》を飲ませてほしいと頼《たの》んでくるが、そんな中で小屋の中にまで入ってきた親子がいた。ある朝早く赤いひげの男の人と、その手をしっかり握《にぎ》った小さな女の子がやってきたのだ。五歳《さい》か六歳ぐらいの、やはり赤い髪《かみ》の女の子だった。二人は昼ごろまで小屋にいて、ヒツジの乳しぼりやチーズ造りを見ていた。父さんのベッドに親子並《なら》んで腰《こし》かけて、魅入《みい》られたように黙《だま》って見ていた。凝乳剤《ぎょうにゅうざい》を入れるところ。しぼったヒツジの乳を大釜《おおがま》で煮《に》て、かきまぜるところ。父さんがチーズの固まりを両手ですくって、ホエーを絞《しぼ》るところ。二人の静けさと、女の子の真剣《しんけん》な顔つきを、ジョーはおぼえていた。やがて、山頂《さんちょう》のスペインとの国境《こっきょう》への行き方を聞くと、出発して行った。その午後遅《おそ》く二人がもどって来た時には、雨が降《ふ》っていた。親子は、花をたくさん摘《つ》んできていた。ナデシコや、野生のパンジー。女の子が手に持っていた花束が、今でも目に浮《う》かぶ。

「スペインからのおみやげ」父親につつかれて、女の子が言った。赤ひげの男は、山の頂上まで登って、スペイン側を見てきたと話し、足が痛《いた》いと言った。父さんは雨に濡《ぬ》れた二人にタオルを貸《か》してやった。その時、顔をふきながら、男が言ったのだ。「坊《ぼう》や、ひげはのばすもんじゃないぞ。なかなか乾きやしない」

父さんが、今まで花をくれた人は一人もいないと、おずおずと礼を言ったのをおぼえている。立ち去り際《ぎわ》に男は、父さんと握手《あくしゅ》をして言っていた。「私《わたし》は、オルカーダ夫人の娘《むすめ》婿《むこ》です。そして、これは娘のアーニャ」

山を下って行く親子を見ながら、父さんがオルカーダばあさんの娘の話をしてくれた。フローレンスという名前だったそうだ。ジョーは、小さい頃《ころ》教会で会ったことがあるように思ったが、はっきりはおぼえていない。父さんの話によると、オルカーダばあさんの娘は村を出て、パリに行ったそうだ。そこで結婚《けっこん》した。駆《か》け落《お》ちだったと言う人もいる。結《けっ》婚《こん》相手はだれも知らなかった。レスキュンの村には連れ帰らなかったからだ。「じゃあ、あれがフローレンスの結婚相手か。驚《おどろ》いたな」

「オルカーダばあさんの娘《むすめ》は、どうなったの？」ジョーが聞いた。

「亡《な》くなったよ。お産で命を落としたと聞いたな。あの女の子がそうか。可哀《かわい》そうに」

父さんは、その時もらった花が枯《か》れたあとも夏じゅうベッドの上の棚《たな》に飾《かざ》っていたが、あの二人の話はそれ以来一度もしなかった。

「向こう見ずだ」オルカーダばあさんは、編《あ》み物《もの》をひざにおろして言った。「まったく向こう見ずなことだよ。あんた、どうしちまったんだい、ベンジャミン？　いつまでかかろうが、ここにいればいいとは言ったよ。やるべきことをするがいい、こちらもできるだけのことをしようとも言った。話し合いは、ついたはずだろう？　外に出るのは夜だけと約束した。そう約束したんじゃなかったかい？　それが、どうだい。昼日中《ひるひなか》に散歩に出かける。散歩だ！　それで何を持ち帰った？　ベリーでもなく、薬草でもなく、キノコでもなく、みなしごのクマの子一匹《ぴき》。聞くけど、ベンジャミン、うちには心配事は充分《じゅうぶん》過《す》ぎるほどあるんじゃないかい？」ばあさんは、座《すわ》ったまま身体をのりだして、曲がった指を突《つ》き立てた。「しかも、あんたが会ったという坊主《ぼうず》だ。これから、どうなる？　えっ、言ってごらんよ。その子が家に駆《か》けもどって、村じゅうの人に話したら、どうなる？　ああ、あたしが言おう。村の中には、色々考えあわせる者がいて、オルカーダばあさんの娘婿《むすめむこ》がもどって来てるのがわかっちまう。いいかい、この村の人たちは、人の顔を決して忘《わす》れない。特にあんたの顔はね。ベンジャミン、ここの人たちは田舎者《いなかもの》だけど、愚《おろ》か者《もの》じゃないんだ」

男はテーブルを立って、オルカーダばあさんの前にしゃがみ、その手をとって話しかけた。

「信じてください、おばあちゃん。あの子はひと言も言いませんよ。正直者は顔でわかるから」そして、微笑《ほほえ》みかけながら続けた。「おれは、理想的な娘婿ではないけれど、本当のことを言って、あなたは考えられる限《かぎ》りの、理想の義理《ぎり》の母です」

「まさか」ばあさんは押《お》しのけようとしたが、男はまだばあさんの手を放さない。

「本当ですよ。あなたは勇敢《ゆうかん》で、善良《ぜんりょう》で、あなたがいなかったら、おれ一人では、こんなことやれなかった。わかってるでしょう」

「わからないね。これ以上、わかりたくもない。その坊主は、あんたの言う通りかもしれない。ひと言も言わないかもしれない。ともかく、あんたが言った通りでありますようにって、神さまに祈《いの》るしかないね」

「どっちの神さまに？」男が笑いながら言った。

「両方に祈《いの》ればどうだい？　どっちかが、お門違《かどちが》いのことを言ってるといけないからさ」

オルカーダばあさんは手をのばして、男の顔に触《ふ》れた。「ベンジャミン、あたしにゃ、今はあんたしかいないんだ。あんたと、小さなアーニャ。もしも、まだあの子が生きていればの話だが」

「生きているに決まってますって。何回言ったら気が済《す》むんです？」男が言った。

「あんたは、もう二年も、そう言い続けているじゃないか」ばあさんが言った。

「二年だろうと、十年だろうと、いつまでかかろうと同じ。あの子は来るでしょう。あの子が来るなら、おれもあの子を待ちます。あの子に約束した通りにね。あの子は、どこへ来たらいいのか知っていますから、絶対《ぜったい》にここに来るでしょう。現《げん》に、今夜にでも、やって来るかもしれない」

オルカーダばあさんは、ため息をついて窓《まど》を見上げた。「暗くなってきた。動物たちを見てこよう」そう言いながら、椅子《いす》から腰《こし》をあげかけた。その時、ばあさんがジョーのすがたを見た。

足の下の薪《まき》が崩《くず》れ、ジョーは窓の下の出《で》っ張《ば》りにつかまろうとしたが、指先がかじかんでいて、つかめなかった。一瞬《いっしゅん》、こちらを見る二人の顔が見えたが、次の瞬間には薪といっしょになだれ落ちて、庭の砂利石《じゃりいし》の上に転がった。ジョーは足で必死に薪を蹴散《けち》らして、なんとか立ちあがると駆《か》けだした。うしろで裏口《うらぐち》の戸が開く音が聞こえたが、振《ふ》り向くことなどしなかった。斜面《しゃめん》を全速力で駆け下りるのは、その日二回目だ。だが今度は、霧《きり》と暗さが身を隠《かく》してくれるおかげで、時々止まって息を整えることができる。先に家にもどったロウフが玄関《げんかん》わきの寝床《ねどこ》の袋《ふくろ》に座《すわ》って待っていたから、ジョーはそれをまたいで、玄関ドアを開けた。するとロウフは大きなあくびをして、前足にまた頭を載《の》せた。ロウフにとっては、いつもと変わらない一日らしかった。

それからの何週間というもの、戦争の暗いニュースも、戦線のあちこちでドイツ軍が勝ち進んでいる知らせもかすむほど、村はクマ狩《が》りの話で活気づいていた。村人が外の世界の出来事を知る手段《しゅだん》は新聞だけだが、記事をうのみにする人はいない。理由は、新聞記事は、ドイツ軍に統制《とうせい》されているからだ。そうなると、かろうじて電波が届《とど》く、ラジオロンドンなどから得られる情報《じょうほう》を信じるよりほかはない。しかし、どちらからも、良い知らせはなかったから、村人たちは戦争を忘《わす》れるためにクマ狩りの話に興《きょう》じた。そして実際《じっさい》、しばらくの間は戦争を忘れることができたのだ。

ジョーは学校ですっかり英雄《えいゆう》になったが、少しも嬉《うれ》しくなかった。学校でジョーが学んだことがひとつあるとすれば、それは、なるべく目立たないようにすることだ。そうしていれば、面倒《めんどう》にまき込《こ》まれずに済《す》む。それなのに、今回ジョーは突然脚光《とつぜんきゃっこう》を浴びてしまった。ほめそやす人が出ると、当然敵《てき》もできた。親友のローランでさえ、ジョーを見る目が違《ちが》った。ただ、担任《たんにん》のオーダ先生だけは、いつも通り厳《きび》しく、時には厳し過《す》ぎるほどで少しも変わらなかった。先生はいつでもだれにも徹底的《てっていてき》に公平に接《せっ》するから、みんなから好かれ、尊敬《そんけい》されていた。物静かで、口数の少ない先生だが、その言葉には重みがあった。

世界じゅうから称賛《しょうさん》を受けられるようにと、アルマン・ジョレが自分の食料雑貨店《ざっかてん》の壁《かべ》にクマの毛皮を飾《かざ》った翌日《よくじつ》、オーダ先生は午前の授業《じゅぎょう》時間全部を使って、子どもたちにクマの生態《せいたい》を語った。どんな場所に住み、どんな暮《く》らしをしているかを話してくれた。冬眠《とうみん》からさめる春には、身体の脂肪《しぼう》が落ちていて、しかも赤ちゃんグマに乳《ちち》を飲ませなければならないから、自分と子グマのために、どんなことをしても食料を確保《かくほ》しなくてはならないと、先生は言った。クマは、必要に迫《せま》られない限《かぎ》り、人間の住む場所には近づかない。自分の中にある残虐《ざんぎゃく》な本能《ほんのう》、止めようもない殺意、旺盛《おうせい》な食欲《しょくよく》を自覚しているからだ。クマは愚《おろ》かではないから、自殺行為《こうい》はしない。今回撃《う》たれたクマは、危険《きけん》を冒《おか》してまで攻撃《こうげき》するほど飢《う》えていたのだろう。先生は続けた。あのクマには、子グマがいたに違いない。たいていは二頭だが、一頭のこともある。もちろん、今頃《いまごろ》子グマたちは死んでしまっただろう。子グマには、あと少なくとも三か月か四か月の間は、母乳《ぼにゅう》が必要だからと。ジョーは、先生に目を見られないように、机《つくえ》に視線《しせん》を落とした。

日にちがたつごとに、学校の内外でクマの話題は減《へ》り、お祝いムードも消えて、再《ふたた》び終わりの見えない戦争、敗戦《はいせん》の噂《うわさ》が村を陰鬱《いんうつ》に染《そ》め始めた。それでも、ジョーのような子どもたちにとっては、戦争はまだ目に見えるものではなかった。開戦以来二年以上たつが、一人のドイツ兵も見たことがなく、飛行機も、戦車も見たことがないのだ。子どもたちにとっての戦争は、大人たちがする話の中だけで、それはいつも耳にしていた。たいていは、議論《ぎろん》だった。われわれは何をしたらいいのか？　救えるものを救うべきか？　敗北を受け入れてペタンに従《したが》うべきか？　それとも、イギリス軍と共に戦い続け、名前は忘《わす》れたが、ロンドンからラジオ放送で呼《よ》びかけたフランスの将軍《しょうぐん》に従うべきではないか？　その将軍は、戦争はまだ終わっていない。ドイツを打ち負かすことはできる。打ち負かさなければならない。打ち負かせるだろうと呼びかけたそうだ。村人たちは捕虜《ほりょ》になった家族の帰りを待っていたが、彼《かれ》らはまだ帰らなかった。ドイツ軍がやって来るのを待っていたが、それも来なかった。

「早く終わってほしいよ、ジョー。父さんが帰ってくるなら、どんなことでもする。前の暮らしにもどりたい」母さんが言った。

おじいちゃんは、母さんに面と向かって反対することはないけれど、ジョーにはおじいちゃんの考えがわかっていた。

「ロンドンにいる将軍《しょうぐん》、ドゴールだけが、われわれの希望だな」おじいちゃんは、言った。

「ドゴールと、イギリス軍だ。昔からイギリスは嫌《きら》いだが、少なくとも彼《かれ》らはドイツ軍と戦っている。ドイツ軍と戦っているなら、だれだってフランスの盟友《めいゆう》だ。おじいちゃんは、そう思う。わかるんだよ、ジョー。おじいちゃんは、昔ドイツ軍と戦ったことがある。知っているだろう? 前に負かしたんだから、今度も負かすことができるはずだ。負かすべきだ。さもないと、おまえたちに残すものが何もなくなる。だれにも、何も残らない」

戦争について、占領《せんりょう》について、ジョーが思うことは、母さんとおじいちゃん、どっちの話を聞くかによって変わった。自分で考えることなど、できなかった。

ヒツジ番をしながら岩に座《すわ》っている時、よく父さんのことを考えた。最初は父さんが恋《こい》しかった。仕事から帰った時の大きな声や、父さんの匂《にお》い。けれど、時がたった今、ジョーは家の中の男としての自分の役割《やくわり》を楽しみ始めている。台所のテーブルでは父さんの席に座り、農場で父さんの仕事をする。でも今は、戦争のことを考えていても、父さんのことを考えていても、ジョーの思いはクマ狩《が》りの日に森で会った男とクマの子に引《ひ》き寄《よ》せられてしまう。あの人はどこのだれで、何を隠《かく》しているのか、どうしてアーニャを待っているのかが知りたい。オルカーダばあさんの家にもどって何が起きているのかさぐり、そしてクマの子に会いたいという思いは、一日ごとに強まるばかりだった。けれど、ジョーには、やらねばならないことがあった。農場の仕事。学校の勉強。逃《のが》れることはできない。自分に、そう言い聞かせていた。

その夏は、おじいちゃんがヒツジを山の上の放牧場に連れて行った。一人で山の放牧場でひと夏を過《す》ごすのは、ジョーにはまだ早いし、これ以上学校を休ませたくないというのが、母さんの考えだ。「勉強できるのは、今だけだから」と、母さんは言った。それに、家でもジョーの手が必要だった。ワラビがはびこらないように刈《か》り取って、根を掘《ほ》り起こさないといけない。干《ほ》し草《くさ》を作る仕事もある。それに、週末には山のおじいちゃんのところに食料を届《とど》ける役目もある。届けたら、帰りにチーズを持ち帰って、家で塩を加え、保《ほ》管《かん》して、売る。どの仕事も、時間がかかる重労働だった。

けれど、正直に言えば——日に日に自分をごまかせなくなったが——仕事は言《い》い訳《わけ》に過ぎず、本当のことを言えば、オルカーダばあさんのすがたを見る度に、ジョーは身を隠した。あれ以来、オルカーダばあさんのすがたを見る度に、ジョーは身を隠した。一度、食料品店にばあさんが入って来た時には隠れ場所がなくて、買いに行った物も買わずに店から飛び出した。面と向かってばあさんの目を見て、あの晩《ばん》窓《まど》からのぞいていた子だとわかるかどうか確《たし》かめることなど、とてもできなかった。

オルカーダばあさんの家がある丘《おか》の上をながめ、外に出て働くすがたを見かけたことは何度かあった。ばあさんは干《ほ》し草《くさ》を作ったり、ウシやブタを追ったりしていた。けれども、ばあさん以外の人影《ひとかげ》はまったくなかった。しまいに、あれは全部自分の思い込《こ》みだったのだろうかと思えてきた。

雨風の吹《ふ》きすさぶある秋の日、ヒツジの群《むれ》が山の放牧場から帰ってきていて、ヒツジの寝床《ねどこ》用に、納屋《なや》の中にシダの葉を広げていた時、オルカーダばあさんが小走りに道を通り過《す》ぎるのが見えた。頭に黒いショールをかぶり、手に花束を持っているのを見ると、ご主人のお墓《はか》に花を供《そな》えに教会へ行くのだろう。きっといつものように、帰りには買い物をするから三十分はもどらないだろう。その間にばあさんの農場へ行って帰れる。急げば大《だい》丈夫《じょうぶ》。注意すれば、見つかることはない。いつものようにロウフがついて来ようとしたが、納屋に閉《と》じ込《こ》めて、母さんにすぐもどると声をかけて出かけた。

ジョーは、できるだけ木の陰《かげ》に隠《かく》れるようにして進んだ。そうすれば、こちらのすがたを見られず、ようすを見ることができる。ばあさんのブタたちが家の下の方で草を食べ、その真ん中でウシが体を丸めて寝そべっている。あたりには人影がない。時間がない。ジョーは覚悟《かくご》を決めた。庭を横切って、家から見えない納屋の壁際《かべぎわ》まで走る。そこから納屋の裏《うら》をまわって、奥《おく》の中庭に入った。エサを食べるブタの満足そうな声以外、何も聞こえない。納屋の扉《とびら》を通り過ぎようとしたとき、中で何かがもぞもぞ動くような音がした。子グマだ。子グマに違《ちが》いない。

ジョーはあたりを見回してから、扉をゆっくり開けた。どこの家の納屋とも同じように、中は細長く、屋根が低く、薄暗《うすぐら》い。床《ゆか》にはシダが敷《し》かれ、干し草を積んだ木の棚《たな》が、壁に沿《そ》って続いている。けれど、子グマも、何の動物もいなかった。だが、何かの物音が聞こえたのは確《たし》かだ。納屋に光が入るように、ジョーはさらに扉を開いた。突《つ》き当たりに汚《よご》れた小さな窓《まど》がひとつあって、両開きのよろい戸がバタバタと開いたり閉《し》まったりしている。ジョーは、暗がりに目をこらした。これ以上中に入っちゃいけない。戸口からでも、充《じゅう》分《ぶん》見えるだろう。振《ふ》り向いてもどろうとした時何かを踏《ふ》んだ。かがんで拾ってみると、それは靴《くつ》の片方《かたほう》だった。子ども用の靴だ。ストラップが壊《こわ》れている。はじめは、何とも思わなかった。床にもどそうとしたとき、だれかの息づかいが聞こえた。ぜいぜいするような、規則的《きそくてき》な息づかいだ。

中ほどの干し草棚のあたりから聞こえる。何歩か近づくと、息の音が止まった。とっさに、子グマのこと、オーダ先生が言った冬眠《とうみん》のことを思った。だが、子グマのはずがない。まだ冬ではないし、子グマは干し草棚では眠《ねむ》らない。でも、眠ることがあるだろうか。ジョーはさらに慎重《しんちょう》に進んで、干し草の中をのぞきこんだ。少し先で息の音がまた聞こえはじめた。その時、急に気がついた。干し草の中に、おびえたような二つの目がある。ジョーは、ただその目を見返すことしかできなかった。クマの目ではない。その目は、やせた青白い顔の中にあって、顔には黒っぽい髪《かみ》がかかっている。人間だ。

ジョーはぞっとして、そろそろと後ろに下がった。そっと扉《とびら》を閉《し》めるだけの分別《ふんべつ》は残っていて、そうしたが、その瞬間《しゅんかん》、庭のむこうにオルカーダばあさんがいるのが見えた。腰《こし》をかがめ、外水道の蛇口《じゃぐち》の下に置いたバケツを持ち上げようとしている。ジョーに背中《せなか》を向けて、小さな声で鼻歌を歌っている。ジョーは信じられない思いで立ちつくしていた。どうして、こんなに早くもどってこられたんだろう？　あり得ない。でも、現《げん》に自分の目の前にばあさんのすがたがある。今振《ふ》り向かれたら、見つかってしまう。ほんの何歩か行って、納屋《なや》の角を回れば安全だ。足音をたてずに行けば、大丈夫《だいじょうぶ》だろう。ジョーはばあさんから目を離《はな》さず、壁《かべ》にそってゆっくり進みはじめた。

足元に気をつけなければいけないと、わかっていたはずだ。つまずいた熊手《くまで》が地面に倒《たお》れて大きな音をたてた時には、つくづくそう思った。オルカーダばあさんを見ると、黒いショールをはためかせ、バケツを手から取り落としている。ジョーは持っていた靴《くつ》を手から放し、熊手をまたいで駆《か》け出した。だが、納屋の角を回ったところで足が止まった。大きな買いものかごを片手《かたて》に、もう一方の手に杖《つえ》を持ったオルカーダばあさんが、丘《おか》をあがってくるではないか。目を上げてジョーのすがたを見ると、大きな叫《さけ》び声《ごえ》をあげた。何を言っているのかわからない。ジョーは回れ右して、庭に駆け込《こ》もうとした。他に行きようがない。ところが、何とそっちにもオルカーダばあさんがいて、ジョーに向かってくる。ジョーは、片方のばあさんから、もう一人のばあさんに目を移《うつ》した。わけがわからない。ぞくぞくした恐怖《きょうふ》が背中を這《は》い上ってきて、うなじの毛が逆立《さかだ》つ。その時ほど叫び出したい気持ちになったことはないが、叫べなかった。やがて、一人のばあさん、庭から近づいてくるほうのばあさんが、ジョーに話しかけてきた。

「おれだよ」男の声だった。「おれだよ」ばあさんがそう言って、かぶっていたショールを取った。それは、前より赤ひげがのびているが、あの男だった。「忘《わす》れたのかい?」

第三章

逃《に》げたくても逃げ場がなかったし、今にして思えば、あの時逃げたかったかどうか、よくわからない。赤ひげの男は、靴《くつ》を見て立ち止まって拾った。

「それで、どこでこれを見つけたんだい？」男が聞いた。

「納屋《なや》の中です」ジョーが答えた。「子グマをさがしてただけなんです。中にいるかも知れないと思って」男は、ショールの端《はし》で靴の汚《よご》れをふいた。その時、だれかが庭に入って来る足音が後ろに聞こえて、ジョーはふりかえった。見ると、本物のクロゴケグモばあさんが、荒《あら》い息をついて杖《つえ》に寄《よ》りかかって立っている。男は近づいて、ばあさんから買い物かごを受け取り、肩《かた》に腕《うで》をまわして話しかけた。

「大丈夫《だいじょうぶ》ですよ、おばあちゃん。ほら、あの子です。あの時の子」オルカーダばあさんは、片足《かたあし》をひきずりながら庭を横切って近づいてきた。ジョーは、後ずさりしないよう踏《ふ》ん張《ば》るのが精《せい》いっぱいだった。ばあさんは、じっくりジョーを見たあと、口を開いた。

「まあ、まあ、おまえさんだったのか。そんなことだろうと思ったよ。こないだ、あたしを押《お》しのけるように店から出て行くまでは、はっきりわからなかったが。おまえさんなら大丈夫だと思ったんだ。よその家の窓《まど》をのぞくようなことはするべきじゃないがね」ばあさんの視線《しせん》が、男が手に持つ靴に行った。

「じゃあ、この子は知っているんだね」

「納屋に入ったんです」男が言った。

「本当に？　それで、坊《ぼう》やは何を見たのかね？」

有無《うむ》を言わさない質問《しつもん》だったが、ともかくジョーはとぼけてみた。「どういう意味ですか？」その声は、ひどく小さかった。

ばあさんは、持っていた杖を、ジョーの足のすぐそばに突《つ》き立てた。

「靴の他にだよ。他に、納屋の中で何かを見たのかい？」

ジョーは、ばあさんの視線《しせん》を避《さ》けて、うつむいた。

「人の目を見て話さない子どもは、嫌《きら》いだね」ばあさんは、ジョーのあごを持ち上げて、目を合わせた。初めて間近でばあさんの顔を見たジョーは驚《おどろ》いた。年齢《ねんれい》と長年の労働のせいでしわが深いが、思ったほど冷酷《れいこく》な顔ではなかった。

「はい、見ました」ジョーが答えると、ばあさんはあごから手を放した。

「おまえさんは、いつでも本当のことを言うのかい？」静かにばあさんが聞いた。

「いいえ」ジョーが首を横に振《ふ》ると、ばあさんが急ににやりと笑った。

「ベンジャミン、あんたは正しかったようだ。めずらしく正直な子だね。さあ、中へ。家の中へ入れて」そう言うと、ばあさんは玄関《げんかん》の方へ行った。「男の子は、ハチミツ好きだ。ハチミツをあげよう」そう言って、家の中に入った。

ジョーがためらっていると、男が肩《かた》に手をかけてきた。

「まだ、います？　子グマは、まだいるんですか？」ジョーが聞くと、男は首を横に振った。

「もう、いないよ。連れてきて一か月ぐらいかな、もう自力で生きていけると思えたから、山の上に連れて行って放してきた。ところが、時々もどってくるんだよ。もしかしたら、おれを母親だと思っているのか、それとも、一人でいるのが寂《さび》しいだけかも知れない。さあ、入ろう」

オルカーダばあさんは、テーブルの上にハチの巣を一皿出したが、その時急に前のめりに倒《たお》れそうになり、テーブルにつかまって身体を支《ささ》えた。男がさっと近寄《ちかよ》って、ばあさんを椅子《いす》に座《すわ》らせた。

「また、働き過《す》ぎましたね。前にも言ったでしょ？」

「騒《さわ》ぐことはない」ばあさんは、男を押《お》しのけて言った。「騒ぐほどのことじゃないさ。あたしは大丈夫《だいじょうぶ》。さあ、座りなさい、坊《ぼう》や。明るいところに座って。おまえさんの顔がよく見えるようにね」

ジョーは言われるままに、テーブルについた。「お食べ、坊や。お食べ」ばあさんは、妙《みょう》な具合に鼻にしわを寄せるクセがあって、その度についばあさんの顔に目が吸《す》い寄せられる。ジョーはハチの巣をひとかけら切り取って、パンに塗《ぬ》った。男は、ショールを扉《とびら》の内側に掛《か》けていた。

「お父さんを知っているよ」オルカーダばあさんが、ジョーの顔から目を離《はな》さずに話しかけた。「捕虜《ほりょ》になっているんだろう?」ジョーは、うなずいた。「おじいさんのほうが、もっとよく知っている。ベンジャミン、前に話したことがあったね?」ベンジャミンがうなずくと、ばあさんはまたジョーに視線《しせん》をもどした。「結婚《けっこん》するところだったんだ。坊や、あの人から聞いたことがあるかい?　あたしらは、恋人《こいびと》だったのさ」ばあさんは、ため息をついて、椅子に深く座り直した。「ああ、そう、良かれ悪しかれ、二人は別の道を歩いたわけ。食べていないじゃないか、坊や」ジョーは、もうひと口食べた。「坊やは、ジョー・ラランデっていうんだろう。あたしのことは、知っているね?」ジョーはうなずいた。

「この人はベンジャミン。義理《ぎり》の息子《むすこ》だ。もちろん、二人は前に会っているんだったね」

ばあさんはひと息ついた。まだ、鋭《するど》い目でジョーの顔をさぐっている。やがて、鼻をかむと、そのハンカチを袖口《そでぐち》にしまいこんだ。

「さて。おそらく、この人のことは、すぐに広まるだろう。当然、そうなるだろう。だが、それはうまくない。困《こま》ったことになる」

「大丈夫《だいじょうぶ》でしょう」ベンジャミンが言った。ばあさんの後ろに立って、ジョーを見下ろしている。「この子は、見た以上のことに感づいてますよ。勝手な想像《そうぞう》をされるより、本当のことを知らせたほうがいい。この子は信頼《しんらい》できる子です。結局、われわれのことを何か月も前から知っていたのに、だれにもひと言も話していないのだから。話していれば、必ずわかるはずです。とっくに、警察《けいさつ》に夜中に玄関《げんかん》をたたかれているでしょう。大丈夫。この子のことは心配ありません。信頼できます」

「そうだといいがね」ばあさんは、弱々しくつぶやいた。「そうだといいが」

ベンジャミンがテーブルの、反対側の席についた。「何から話したらいいかわからないよ、ジョー。でも、このおれが、すべてのトラブルのもとだから、自分のことから話そう。おれはユダヤ人だ。どういうことだか、わかるかい？」

「聖書《せいしょ》に出てくる人たちですよね？」ジョーが言った。

ベンジャミンは首を振《ふ》り振り笑った。「その通り。ユダヤ人は、聖書に出てくる。しかも、そのまま聖書の中にいればいいと思っている人が、世の中には大勢《おおぜい》いるよ」ベンジャミンは自分の手をじっと見て、親指の爪《つめ》をほじった。「最初はただの噂《うわさ》だった。信じられないような、信じたくないような噂だった。だが、少しずつその噂が現実《げんじつ》になった。信じなければならない現実に。ドイツでは、勝手なユダヤ人像ができあがった。まず最初は、ユダヤ人から仕事を取り上げ、次には財産《ざいさん》を取り上げた。そして、上着に黄色い星のマークをつけさせた。やがて、ユダヤ人を狩《か》り集めて収容所《しゅうようじょ》へ送った。そんなことが起きているのは知っていたが、われわれがいたパリは安全だと思っていた。われわれとは、おれと幼《おさな》いアーニャで、アーニャというのはおれの娘《むすめ》だ。だが、もちろん、そんなわけにはいかなかった。ドイツ軍がフランスに侵攻《しんこう》し、パリは陥落《かんらく》した。われわれの行き先は、ただ一か所。何年か前に、休暇《きゅうか》を過《す》ごしにこの村に来たことがあるんだ。アーニャと二人で、おばあちゃんを訪《たず》ねてアーニャの母親が生まれ育った村に来たのさ。おれたちは、ここで最高に幸せな日々を過ごした。だから侵攻が始まった時、ここへ来ようと決めたんだ」

「最高の場所さ、分別《ふんべつ》さえ持ってればの話だがね」オルカーダばあさんが言った。「安全なことこの上ないし、五時間以内で国境《こっきょう》を越《こ》えられる」

「国境まで歩いたことがあるんだ。アーニャといっしょにね」ベンジャミンが口をはさんだ。

「知ってます」ジョーが言った。「ぼくの父に、花をつんできてくれましたよね」

ベンジャミンは一瞬眉《いっしゅんまゆ》を寄《よ》せたあと、急に目を輝《かがや》かせた。「じゃあ、あれはきみだったのか！　あの時の男の子だ。おばあちゃん、あの時話しましたよね？　ヒツジ飼《か》いの小屋でチーズ造《づく》りを見せてもらったって。あれは、きみのお父さんだったの？」ジョーはうなずいた。「それで、あの時の男の子がきみなんだね。まったく、世間は狭《せま》い」そう言ったあと、ベンジャミンの目の輝きは消えた。「アーニャとおれは、いっしょにパリを出た。問題は、だれもかれもが同じ考えで、同じ行動をしていたことだ。道は車や荷車、トラック、歩く人でいっぱいだった。何千人もの人々が、パリから逃《に》げ出そうとしていた。ドイツ軍は気まぐれに空から機関銃《きかんじゅう》を撃《う》ってきた。だから戦闘機《せんとうき》の音がする度に、みんな散り散りになって逃げたよ。戦闘機が飛び去ったあと、お互《たが》いをさがすのは、とても難《むずか》しかった。それで、アーニャとおれは取り決めをしたんだ。離《はな》れ離《ばな》れになってしまったら、なんとかしてこの村まで来ること。レスキュンのおばあちゃんの家にね。先に着いた方は相手を待ち、二人そろったら、いっしょにスペインへ逃げる。この村でお互いを待つと、約束した」そこまで言うとベンジャミンの声が詰《つ》まり、次の言葉が出るまで一、二秒かかった。「それで、こういうわけだ。ある晩《ばん》、ポワチエを出てすぐの地点だった、何機かの戦闘機が現《あらわ》れて機銃掃射《そうしゃ》を始めた。われわれは隠《かく》れ場所を求めて、森の中に駆《か》け込《こ》んだ。戦闘機が去ったあと、そこいらじゅうアーニャをさがしたよ。ひと晩じゅう、アーニャをさがして歩いた。次の日も、その次の日もさがし回った。なのに、あの子は見つからなかった。だから、おれはここに来たんだ。だから、アーニャが来るまで、おれはここで待つ」

「じゃあ、あの子はだれなんです？　納屋《なや》の中の子は？」ジョーが聞いた。

「リアだよ」ベンジャミンが答えた。「アーニャと同い年で、生まれた月までいっしょだ。あの子は、おれの一家が何年も前に来たのと同じように、ポーランドから来た。もうすぐ、あと二人到着《とうちゃく》することになってる」

「あと二人？」

「子どもたちだよ」オルカーダばあさんが、鼻をグスグスさせながら言った。「ユダヤ人の子どもたち。ベンジャミンは、ユダヤ人の子どもを集めている。そうだろ？」ベンジャミンは、答えなかった。「フランスじゅうから、この村を目指して逃げてきて、ここに着いたら、一週間か、時によっちゃもうしばらくの間ここにいる。旅を続けられる体力がつくまでね。準備《じゅんび》ができたらベンジャミンといっしょに山へ登り、国境《こっきょう》を越《こ》えて安全なスペインへ連れて行く」

「大勢《おおぜい》いるんだ」ベンジャミンが言った。「リアみたいな子が大勢いる。リアの家は大家族で、兄弟姉妹が八人いたそうだが、一番年長のリアだけが逃げ延《の》びた。運がよかったんだ。兵隊が来た時に、家の中にいなかったから。リアは、家族のみんなが連行されるのを、目の前で見た。それ以来、ずっと逃《に》げてきた。でも、あの子は、ここまで来ることができた。だから、希望を捨《す》ててはいけないと思うよ。リアがポーランドから、はるばるここまで来たんだもの、アーニャだって来るだろう。いつかは、アーニャもあの子たちの一人になる。だから、おれはいつまでもアーニャを待つ」

「どうしてショールをかぶっていたの？」ジョーが聞いた。

ベンジャミンに微笑《ほほえ》みがもどった。「ああ、あれね。あれは、おばあちゃんのアイデアでしたよね？　おれはこの二年間、子どもたちに山越《やまご》えをさせる時以外は、この家を出ていない。出るとしても、暗くなってからだった。ところが、はじめて昼間散歩に出たら、きみに会って、子グマを連れて帰ってくることになってね。おばあちゃんは、それが気に入らなかった。今では昼間でも外に出してくれるようになったけど、条件《じょうけん》がついた。家の近くにいること。それから、万一すがたを見られてもいいように変装《へんそう》すること。おれの義母《ぎぼ》は、とんでもない専制《せんせい》君主、だれもさからえないんだ」

「何言ってるの。ばかばかしい」ばあさんが言った。

その時、物音が聞こえた。玄関《げんかん》だ。ドアの取っ手が動く。きしみながらゆっくりドアが開くと、小さな顔がのぞいた。納屋《なや》にいた女の子だった。ベンジャミンが玄関に駆《か》けつけて、女の子を家の中に引き入れた。外を見回してからドアを閉め、閉めたドアに寄《よ》りかかって大きく息をついた。「やれやれ」そのあと女の子にかけた言葉は、ジョーの知らない言葉だった。女の子の肩《かた》を抱《だ》いてかがみこみ、叱《しか》っているような口調だった。けれど、女の子は少しも聞いていなくて、その目はテーブルの上に置かれたジョーのハチミツの皿にくぎづけだった。女の子は夢遊病《むゆうびょう》のようにふらふらとテーブルに近づいた。そして、ハチミツの皿を引きずり寄せたと思うと、ハチの巣に指を突《つ》っ込《こ》んで、その指を口に入れた。「この子は、しじゅう食べてるんだ」オルカーダばあさんが言った。「まるで今まで何も食べてないみたいに」

女の子はテーブルの上の靴《くつ》を見て手に取り、すぐに床《ゆか》に落とすと、足元も見ずにそれをはいた。ジョーは、ハチミツを食べる女の子を見ていた。顔には表情《ひょうじょう》がなくて、目だけが神経質《しんけいしつ》そうに家の中を見回している。髪《かみ》の毛も、服も干《ほ》し草《くさ》だらけだ。ベンジャミンが手招《てまね》きすると、女の子はゆっくりそちらへ行った。そしてベンジャミンのひざに座《すわ》って、指をしゃぶりながらジョーを見ていた。やがてベンジャミンが、女の子の耳にそっと歌を歌いかけた。すると女の子は手をあげて、赤ひげに指をからませた。知らない言葉の、聞いたことのない歌だった。ベンジャミンの低く太い声が部屋の中に響《ひび》く。歌いながら女の子の身体を前に後ろに揺《ゆ》すっているうちに、女の子は彼《かれ》の肩にもたれていっしょに口ずさみ始めた。その間も、ジョーから目を離《はな》さない。何分もしないうちに、女の子は指をくわえたまま眠《ねむ》ってしまった。

「言っただろう、ベンジャミン。言ったじゃないか」オルカーダばあさんが小さい声で言った。「納屋《なや》の中にいるように、あの子に言いきかせなさいって、ベンジャミン。あちこちうろつきまわられては困《こま》る。言われた場所にいなさいって」

「そうだね。でも、何度も言ってるんだよ。何度も何度も。納屋は寂《さび》しいんじゃないかな、おばあちゃん。他の子たちが来れば、少しはよくなるでしょう。友だちができれば、納屋でおとなしくしてますよ」

「わかったよ。じゃあ、そのようにしておくれ。おまえさんの子どもたちの一人が、ほんの少しでもすがたを見られたら、あたしらはおしまいだ。わかってるだろう?」

「わかってます。わかってますとも」ベンジャミンが言った。

そして、オルカーダばあさんは、ジョーに言った。「それから、あんたは、もう家に帰ったほうがいい」その言葉にジョーが立ち上がると、ばあさんはジョーの手首をギュッとつかんだ。「考えてたんだが」言いながら、ばあさんがジョーを引き寄《よ》せる。「考えてたんだが、秘密《ひみつ》を守ると誓《ちか》わせたほうがいいだろうか」そして、テーブルに置いた聖書《せいしょ》を示《しめ》して言った。「聖書にさ。その必要があるかい?」

「いいえ」ジョーが答えた。

「それなら、もう行きなさい」オルカーダばあさんが言った。「それから、村で会った時には、他の子らと同じようにするんだよ。ユベール以外の連中と同じように。あたしに笑いかけてくれるのは、ユベールだけさ。そうは言っても、あの子はだれにだって笑いかけるけどね。あんたは、こっちを見ることもしないでおくれ。いいかい、あたしは相変わらずのクロゴケグモだ」ジョーは、くるりと向きを変えて帰ろうとした。「もうひとつある、坊《ぼう》や。この家には近寄らないこと。二度と来ちゃいけない。行ったり来たりは、ごめんだ。村の連中には、あたしがここにいることを忘《わす》れていてもらいたい。そのほうが、安全だからね。わかったかい？」

「はい」ジョーは答えた。

オルカーダばあさんは、ジョーを追い払《はら》うように手を振《ふ》った。「さあ、帰りなさい」

家への帰り道、ジョーは物思いにふけっていて、村の道ががらんと静まりかえっていることにも気づかなかった。けれど、広場に着いたとたんに、ジョーの物思いは乱暴《らんぼう》に破《やぶ》られた。村じゅうの人が広場に集まり、身動きもせず黙《だま》って立っているではないか。まるで、だれかのお葬式《そうしき》のようだった。いったい何があったのだろう？　ジョーは人混《ひとご》みの中をゆっくり進んで行った。装甲車《そうこうしゃ》が一台、広場の真ん中に停まっていて、その後ろに、黒い軍服と輝《かがや》くヘルメットすがたの兵隊が四人、しせいを正して立っている。そのわきで、村長のムッシュ・サートルがドイツ軍将校《しょうこう》に熱心に話しかけているが、将校は少しも聞いていないようだ。

「ヤー、ヤー」将校は、偉《えら》そうに言って、わきの兵隊にうなずきかけた。兵隊が役場の方へ歩きだすと、群衆《ぐんしゅう》が割《わ》れる。兵隊はライフルを役場の壁《かべ》に立てかけて、ポスターを貼《は》り出した。ポスターには顔がふたつ並《なら》び、その下に何かが書いてある。将校が軍靴《ぐんか》のかかとを合わせてカチッと音を立て、村長に敬礼《けいれい》して装甲車《そうこうしゃ》にもどった。

大男のユベールが、おじいちゃんの隣《となり》にそびえるように立っている。ユベールの顔は、怒《いか》りをむき出しにしている。何かをしでかしそうだと、ジョーは思った。何かが起こりそうな気配を感じる。待つまでもなかった。ユベールは群衆の中から進み出て、まっすぐドイツ軍将校の方へ歩きだした。手に、短い棒《ぼう》を持っている。ポスターを貼り終わった兵隊がユベールに気づいて、ライフルを構《かま》えた。将校が兵隊に向かって何かを叫《さけ》び、手を上げて止めた。ユベールは前に進み続け、将校から五十センチのところまで近づいた。そして、ゆっくり、慎重《しんちょう》に棒を肩《かた》まで持ち上げると、棒の先を将校の顔に向けて、そっと言った。

「バン、バン、バン」

村長があわてて飛び出してきた。ユベールの腕《うで》をつかんで、後ろへ引きずりもどす。

「私《わたし》どもの息子《むすこ》です」村長が言った。「悪意はないんです。彼《かれ》なりの、ちょっとした遊びみたいなものでして。おわかりでしょうが、この子は少し、その、知恵《ちえ》が足りないぼんくらでして。人を傷《きず》つけるつもりなどありません」

将校は素《そ》っ気《け》なくうなずくと、ライフルを構えた兵隊に車に乗れと合図した。

この間じゅう、装甲車に乗った四人の兵隊は、ひざにライフルを挟《はさ》んだまま無表情《むひょうじょう》に座《すわ》っていた。見ていたジョーは、感心せずにはいられなかった。しわひとつない軍服を着たそのすがたは、否定《ひてい》できないほど素晴《すば》らしかった。どこへだろうと出兵して征服《せいふく》する、黒い騎士《きし》そのものだ。中の一人をじっと見つめていると、太陽に輝くヘルメットが急に振《ふ》り向いて、こちらを見た。ジョーの視線《しせん》をとらえた兵隊の瞳《ひとみ》は冷たく青く、心を凍《こお》り付かせるようで、ジョーはあわてて視線をそらせた。やがて装甲車は動きだし、広場を一周して出て行った。

村人たちはポスターに殺到《さっとう》したが、ムッシュ・サートルが手をあげて前に歩み出た。

「ついにやって来た」ムッシュ・サートルが叫んだ。「ついにだ。まずは、将校が私に告げたことを、聞いてほしい」だれも話を聞かないので、村長は声を張《は》り上《あ》げた。「聞いてくれ、話を聞いてくれ」ようやく、人々は静まった。「あの将校は、フランス全土が占領《せんりょう》されたことを周知するために、この村に来た。われわれの村は、禁制地域《きんせいちいき》にある。自由な出入りは、だれ一人として許《ゆる》されない」

「そんなことは、とっくに知ってるぞ」おじいちゃんが叫《さけ》ぶと、何人かが声を合わせた。

ムッシュ・サートルが両手を上げてそれを制《せい》した。「まだあるんだ。まだ、ある。私《わたし》はあの将校《しょうこう》と役場で三十分ほど話した。まだ続きがあるんだ」ユベールは、持っていた棒《ぼう》の皮をむしっている。「このレスキュンに守備隊《しゅびたい》を置くと告げてきた。何日もしないうちに、この村にはドイツ兵が駐屯《ちゅうとん》するようになる」村人たちのどよめきの中、村長はさらに続けた。「そして、将校が言うには、今夜以降《いこう》、ドイツ兵が国境沿《こっきょうぞ》いに二十四時間体制で見回りを行うそうだ。国境に沿って、何百人という兵隊が配置された。今この瞬間《しゅんかん》から、だれ一人スペインへ逃亡《とうぼう》することはできないことを、明確《めいかく》にした。もうひとつ明確にしたのは、亡命者を手助けする者は、だれであろうと射殺《しゃさつ》するということ」人々が突然《とつぜん》シーンとした。「やつらは本気だ。確実に本気だ。あのポスターが、その証拠《しょうこ》だ。フランス人だろうと、ユダヤ人だろうと、脱走《だっそう》した捕虜《ほりょ》だろうと、だれでも同じ。そういった人間を助けて捕《つか》まった者は、だれだろうと銃殺《じゅうさつ》される」村長はわきに寄《よ》って、背後《はいご》のポスターを指さした。「この二人のように。ベドゥー出身のパトリック・レオンと、アンドレ・ラトゥール。私はアンドレをよく知っている。みなも知っているだろう。この二人は先週銃殺された。ユダヤ人一家を、山を越《こ》えてスペインへ逃《に》がそうとして捕まったそうだ」

群衆《ぐんしゅう》は顔をそむけた。胸《むね》の前で十字を切る者も、お祈《いの》りをつぶやく者もいる。ジョーはポスターに近づいて、二人の写真をよく見た。二人の顔がジョーを見返してくる。生きていた瞳《ひとみ》が、今は命を失ったのだ。隣《となり》にユベールが来て、泣いていた。その時初めてジョーは知った。ついに戦争がレスキュンにまで来た。ジョーの住む谷にまで戦争が来た。その瞬間はじめてジョーは理解《りかい》した。万一オルカーダばあさんとベンジャミンが捕まったら、二人がどんなに酷《ひど》い目にあうかを。突然、何もかもが現実味《げんじつみ》を帯びた。父さんが戦った敵《てき》が、ここにいる。国が戦争に負け、占領《せんりょう》されると、こういうことが起きるのだ。

ジョーは、今すぐオルカーダばあさんのところへもどって、国境が見張《みは》られてることを警告《けいこく》しようと思った。ベドゥーの若者《わかもの》たちの身に起きたことを知らせようと思った。だが、そのあと考え直した。今すぐ危険《きけん》はないだろう。ドイツ兵は、今日のところは村を出て行ったことだし、オルカーダばあさんは、ベンジャミンが山を越えて連れて行く前に、子どもたちはいつも何日か農場で体を休ませると言っていた。急ぐことはない。ジョーはポスターの前を離《はな》れた。もう一度広場を見ると、ユベールはまださっきの場所にいて、ムッシュ・サートルとラサール神父がそのわきで話し込《こ》んでいた。と、思うとユベールが急に棒を持ち上げて自分の肩《かた》に当てると、装甲車《そうこうしゃ》が走って行った方向に向けた。「バーン！」ユベールが大声で叫んだ。「バーン！　バーン！　バーン！」ムッシュ・サートルがさっと振《ふ》り向いて、ユベールの手から棒《ぼう》をもぎとり、ひざを使ってへし折った。ユベールはがっくりとうなだれて、その場から歩み去った。

その晩《ばん》家で母さんが言った。「ユベールったら、自分が殺されるところだったわ」

三人でチーズに塩を擦《す》り込《こ》んでいた時だ。ジョーは、この仕事が大嫌《だいきら》いだ。塩は、いつでも指のささくれや、手の小さな傷《きず》を見つけて、ヒリヒリ痛《いた》ませるから。

「かもしれないな」おじいちゃんが言った。「そうかもしれない。だが、あの子はただ、だれもが勇気があればそうしたいと思ったことを、やってくれただけだ」

「そんなことをして何になるの？」母さんが言った。「どうなんです？　一人兵隊を撃《う》てば二十人が撃たれる。ドイツ軍のしたことを、聞いてなかったんですか？」

「いつだって、ある程度《ていど》の犠牲《ぎせい》はあるものさ」おじいちゃんが、布切《ぬのき》れで手をふきながら言った。「それに、やつらの話を丸のみにして信じることはできないだろう。あの青年たちは、可哀《かわい》そうなことをした。勇気のある青年たち」

「勇気が命取りになったわ」母さんが言った。

「まあ、そうとも言えるかも知れないな」おじいちゃんが言った。ジョーは、全然違《ちが》うことを考えていた。

「ユダヤ人って、何なの？」

「えっ?」母さんが、聞き直した。

「ユダヤ人だよ。銃殺《じゅうさつ》された二人。あの人たちは、ユダヤ人をスペインに逃《に》がそうとしてたって。ムッシュ・サートルが、そう言ってた」

おじいちゃんと母さんが、顔を見合わせた。しばらくの間、二人ともどう言っていいかわからないようだった。

「そうだな」ようやく、おじいちゃんが口を開いた。「おまえの言うユダヤ人が何なのかを説明するのは難《むずか》しい。キリスト教徒でないことは確《たし》かだ。カトリックでもない。おまえや、おじいちゃんとは違《ちが》う。教会へ行かない」

「ユダヤ人には教会がないんだよ」と、母さん。「教会でなく、シナゴーグ(ユダヤ教の会堂:訳注)だったかしら? 聖書《せいしょ》には、シナゴーグがでてくる。ソロモンはユダヤ人だわ。ダビデや、その他の人たちもそう」

「でも、どうしてドイツ人はユダヤ人を捕《つか》まえたいの? どうしたいんだろう?」ジョーが言った。

おじいちゃんは、一瞬《いっしゅん》考えてから口を開いた。「そうだな、それは難しい。難しいな。ドイツのやることに、言《い》い訳《わけ》は必要ないんだろう。嫌いな者は殺す。欲《ほ》しい物は手に入れる。理屈《りくつ》は必要ないんだ。必要となれば、都合《つごう》のいい理屈を作り上げる」

二階でクリスチナが叫《さけ》び声《ごえ》をあげはじめた。

「ああ、あの子ったら。頭がおかしくなりそう」母さんは、目の上にかかる髪《かみ》を振《ふ》り払《はら》い、チーズを棚《たな》にもどしながら言った。「目を覚ましたとたんに滅茶苦茶《めちゃくちゃ》を言うんだから。ロウフに乗せてだの、ロバに乗りたいだの。母さん遊んで、母さん遊んで」母さんは大きなため息をついた。「ジョー、いい子だから母さんの代わりに、あの子の相手をしてくれる？ここの仕事を終えてしまうから」そして、ジョーが出て行こうとするとき、母さんは言っていた。「今日来た、あのドイツ兵たち。ずいぶん、若《わか》かったわ」

「若過《す》ぎはしないさ」おじいちゃんが言った。「充分《じゅうぶん》な年齢《ねんれい》だ」

その晩《ばん》ジョーは、ほとんど眠《ねむ》れなかった。雨戸をガタガタ鳴らす風や、クリスチナの泣き声や、心に渦巻《うずま》く思いのせいで、眠れなかった。うとうとしたと思ってもすぐに、しつこい悪夢《あくむ》に襲《おそ》われるのだった。森の中を、棒立《ぼうだ》ちになったクマが追いかけてくる。森の木々さえ、ジョーを捕《つか》まえ、服を破《やぶ》ろうとする。いつしか木々は、黒いヘルメットの兵士にすがたを変え、ジョーの腕《うで》を捕《と》らえて拘束《こうそく》し、銃殺《じゅうさつ》しようと壁際《かべぎわ》に立たせる。毎回ジョーは、銃殺される寸前《すんぜん》に何とか夢《ゆめ》からぬけ出して、その度に、今度こそ夜明けまで眠らず起きていようと決心するのだった。けれど、夜明けはなかなか来なかった。暗闇《くらやみ》の中に横たわりながら、ジョーは心配になった。あの時すぐ、オルカーダばあさんとベンジャミンに、国境警備隊《こっきょうけいびたい》のことを知らせるべきだっただろうか。できるだけ早く、知らせなければいけなかっただろうかと。

翌日《よくじつ》になっても、母さんとおじいちゃんに知られずにぬけ出すのは、難《むずか》しかった。午前中は、乳《ちち》しぼりやヒツジの世話で忙《いそが》しかったが、昼になると、丘《おか》の上でおじいちゃんがジョーを一人にしてくれた。「転がり落ちるなよ」おじいちゃんは、そう言いおいて、去っていった。時々思うのだが、おじいちゃんは、クマに出会った日の出来事を、知っているのではないだろうか？　そう感じたのは、初めてではなかった。ジョーはしばらくの間岩の上に座《すわ》って、まわりの山々をながめていたが、やがて、その目が、山の上のオルカーダばあさんの農場に向いた。ハゲワシが一羽、ばあさんの家の上で旋回《せんかい》している。ジョーは、ハゲワシが遠くの木々を越《こ》えて飛び去るのを見ていた。ばあさんの家から、ショールをかぶった人影《ひとかげ》が出て来て、庭を横切る。あれは、どっちだろう？　何とかして、二人に知らせなければならないが、ヒツジを放っておくことはできない。その午後、ユベールが口笛を吹《ふ》きながら通りかからなかったら、ジョーはヒツジを置いて出かけられなかっただろう。ユベールは、みんなのためのヒツジ飼《か》い代理をしてくれた。ジョーの家の代理をよくやってくれて、しかもヒツジの扱《あつか》いに慣《な》れていた。「ほんの三十分かそこいらだから」ユベールが岩の上に落ち着いて、ヒツジを見渡《みわた》すのを見て、ジョーは言った。いつでもユベールはとても真面目に仕事をする。自分がもどって来るまで、少しも動かずにいるのが、わかっていた。犬のロウフに向かって何かを言っているユベールを残して、ジョーはその場を離《はな》れた。ロウフは、完全に理解《りかい》しているという目で、ユベールを見上げている。

ジョーは、できるだけ木の陰に隠《かく》れて進み、木立《こだち》が切れると、家までの距離《きょり》を駆《か》けぬけた。前庭ではオルカーダばあさんが、杖《つえ》に寄《よ》りかかって立っていたが、ジョーを見て、驚《おどろ》いたような、苛立《いらだ》ったような顔をした。

「あんたか」ばあさんが言った。「近づくなと、言ったはずだろう」

「来る必要があったんです。お知らせすることがあって」ジョーが言った。

「何だい？」オルカーダばあさんが言った。

「ドイツ兵です。昨日、村に来ました。国境《こっきょう》に沿《そ》って、何百人もの兵隊が配置されます。そのことを知らせようと思って」

それを聞いたオルカーダばあさんは、急に心配そうに目を見開いた。

「銃殺《じゅうさつ》したんです。ベドゥー生まれの二人を。山を越《こ》えてユダヤ人を逃《に》がす手助けをしていたそうです。ベンジャミンがやっているように」ジョーは、まわりを見回して聞いた。

「ベンジャミンは、どこ？」

「出かけたよ」オルカーダばあさんが言った。「別の道で、兵隊が来るのを見かけたんだ。

それで、昨日の晩《ばん》、リアを連れて出発した。兵隊が家探《やさが》しに来るのを心配して。行くなと言ったんだが、聞かなかった。待てないと言って」ばあさんは、山々を見上げた。

「まずいことが起きたに違《ちが》いない。もうもどってるはずなのに。もうもどる頃《ころ》なんだよ」

第四章

だれかが行って、ようすを見てこなくてはならない。それができるのは、ジョーだけで、ほかに行ける者などいない。オルカーダばあさんには山道は急すぎるし、遠すぎる。

「どの道を行きました？　ロレーユ峠《とうげ》？」ジョーが聞くと、ばあさんが答えた。

「たいていは、その道だよ」

暗くなるまで何時間もない。急がなければ。行こうとすると、オルカーダばあさんがジョーの腕《うで》をつかんだ。

「気をつけるんだよ、坊《ぼう》や。いいかい？」

「はい」そう言って、ジョーは走り出した。

下の草原で、ユベールがロウフの頭を抱《だ》きかかえて岩の上にうずくまっているのが見える。そのまわりに散らばったヒツジたちが、午後の日に照らされて黄色く見える。夕方になったら、ユベールとロウフがヒツジを連れて帰ってくれるだろう。ジョーはワシを見に遠くまで歩くことが何度もあって、そんなときにはいつもユベールがヒツジを連れて帰ってくれていた。どうすればいいかを心得ているのだ。ジョーは木立《こだち》に入り、木々の間を川へ向かって下った。そこから先は、ずっと登りだ。ロレーユ峠への道は、よく知っている。その道は、夏の山の放牧場へ、父さんの小屋へ行くルートだった。風に吹《ふ》かれて木々がざわめき、あたり一面に木の葉が舞《ま》う。ジョーは、渓谷《けいこく》の川に沿《そ》って登って行った。木の枝《えだ》越《ご》しに、前方を険《けわ》しい山々の頂上《ちょうじょう》が取り囲んでいるのが見える。ジョーの頭上では、いくつもの雲が競争でもしているように、レスキュンに向かって流れて行く。大声で二人の名を呼《よ》ぼうと思ったが、無駄《むだ》だと考え直した。轟《とどろ》く川の音と、吹きすさぶ風の音以外、何も聞こえない。時々立ち止まって、斜面《しゃめん》や森を見回したが、シカが一頭見えただけだった。登り続けて、やがて、木立が途切《とぎ》れる地点まで来た。先にあるのは、いくつもの山頂と空だけだ。夕暮《ゆうぐ》れがとばりをおろそうとしている。ひと群《むれ》のカラスが、一羽のノスリを追って山々の方へ飛んで行く。ジョーは、動く物の気配があるかと、あたりを見回した。何も見えない。見えるのはただ、ノスリだけだ。獲物《えもの》を求めるカラスに追われるノスリは、どうやらスペインの空を目指しているようだ。

ノスリが山頂を越《こ》えて消えると、カラスの群は満足したのか追跡《ついせき》をやめて解散《かいさん》してしまった。銃声《じゅうせい》が聞こえたのは、そのすぐ後だった。突然《とつぜん》、一発の銃声が山々にこだました。

その音で初めて警備兵《けいびへい》のすがたに気づいたジョーは、慌《あわ》てて岩かげに隠《かく》れた。三人いる。空を背景《はいけい》に三つの小さな黒い人影《ひとかげ》が、ゆっくりと尾根《おね》を進んで行くのが見える。数羽のカラスが父さんの小屋のそばの地面におり立ったのを見て、ジョーは思った。ベンジャミンとリアがまだやつらに捕《つか》まっていないとすれば、きっとどこかに隠れているはずだ。だとすれば、父さんの小屋ほど都合《つごう》の良い隠れ場所はない。小屋はジョーのいる場所から数百メートルのところにある。何百年も前に山から転がり落ちた大岩に寄《よ》りかかるように立っている。小屋とジョーの間には、岩がいくつもあるから、そこに隠れながら近づける。それにしても、警備兵が行ってしまうまで待つか、暗くなるまで待たなくてはならない。どちらが早いだろう？　一時間少しするうちに、警備兵はゆっくりとアニ峰《みね》へ向かう尾根を進んで行き、それと同時に闇《やみ》が濃《こ》くなって警備兵のすがたも見えなくなった。

銀色の月は飾《かざ》りだけで、あたりを照らしてはくれない。もう動いても大丈夫《だいじょうぶ》だろう。ジョーは岩から岩へと素早《すばや》く走り、父さんの小屋まで行った。小屋に着くと、ひそめた声で呼《よ》びかけた。「中にいますか？　だれか、中にいますか？」ところが、返事は後ろから聞こえた。小川の対岸のロバ小屋からだった。それは、小屋とも言えないような、岩穴《いわあな》に半扉《はんとびら》をつけただけのものだ。

「こっちだ、ジョー。おれたちはここにいる」ベンジャミンの声が聞こえた。

ジョーは川の流れを跳《と》び越《こ》えて、ロバ小屋へと走った。

「早く入って！」ベンジャミンが扉を開けて、ジョーを引《ひ》っ張《ぱ》った。リアのすがたも見えた。リアはジョーから遠ざかり、暗い片隅《かたすみ》に引《ひ》っ込《こ》んで行く。ベンジャミンは足をひきずり、杖《つえ》にすがって、リアを追った。

「あの子は気にしないで」ベンジャミンが言った。「自分の影《かげ》にさえおびえるんだから。まあ、それも仕方ないが」

リアが説得されて暗い隅っこから出て来るまで、しばらくかかった。出て来ても、ジョーを見ようともせずにベンジャミンの外套《がいとう》に頭を埋《う》めている。「疲《つか》れて、冷え切っているのさ。この子も、おれも。ゆうべ、国境《こっきょう》を越えようとしたんだ。越えられるはずだった」

「何があったんです？」ジョーが聞いた。

「足首さ。いまいましい足首。そういうわけだ」ベンジャミンはリアの髪《かみ》をなでて、しっかり抱《だ》いた。「国境越えには完璧《かんぺき》の夜だったんだ。雲が出ていて、風もあった。ところが、そこらじゅうに兵隊がいるじゃないか。ここいらの山には、何十回も来ているが、あんなに大勢《おおぜい》の兵隊は見たことがない。それで、走ったんだ。いつもは走らない。歩く方が音を立てずに進めるからな。石につまずいたのか、くぼみなのかはわからない。それはどっちでもいい。いずれにしても、おれは足首をひねってしまったんだ。嫌《いや》な音がしたよ。銃《じゅう》声《せい》みたいだった。今は、ぱんぱんに腫《は》れてる。ともかく、それ以上進めなくなって、一日じゅうこの中に隠《かく》れて、兵隊がいなくなるのを待つしかなかった。暗くなったら、なんとかして家までもどろうと思ってた。けれど、リアと二人じゃあ、無理だっただろうな」

「骨折《こっせつ》？」ジョーが聞いた。

「たぶんね。まあ、いずれにせよ何か月かは使い物にならないだろう。それは確《たし》かだ」ベンジャミンがかがんで、リアの頭にキスをすると、リアが上を向いた。「神のおぼしめしがあれば、そのうち治るだろう。治ったら、もう一度挑戦《ちょうせん》すればいいさ。この山に何人兵隊を送り込《こ》もうが、関係ない。裏《うら》をかいて越《こ》える道をさがすからな。さあ、ジョー」ベンジャミンは、手をのばして、ジョーの肩《かた》に手を置いた。「寄《よ》りかかるのに、力の強い人間が必要なんだ」そう言うとリアをふりかえって、ジョーの知らない言葉で話しかけた。リアはベンジャミンとジョーを代わる代わる見た。ベンジャミンがうなずいて、ひじでついて前に押《お》しやった。リアがゆっくり手をのばしたので、ジョーがその手をとった。

「外には、だれもいないね？」ベンジャミンに聞かれて、ジョーが扉《とびら》の外をのぞいた。何も聞こえず、何も見えない。リアの冷たい指が強く握《にぎ》りしめるのを感じる。

「大丈夫《だいじょうぶ》です」ジョーが答えた。ジョーがベンジャミンに肩を貸《か》し、三人は夜の闇《やみ》の中に出て行った。

山を下るのは、のろのろした、辛《つら》い道のりだった。ベンジャミンは小柄《こがら》だったが、それでもかなり体重があり、ジョーの肩はその重みに痛《いた》んだ。万一ジョーが転べば、三人とも将棋倒《しょうぎだお》しのようになって転ぶとわかっていたから、慎重《しんちょう》に進まざるを得ない。リアはジョーの自由な方の手をしっかり握《にぎ》っていて、どんなに狭《せま》い道でも手を離《はな》して後ろを歩こうとはしなかった。少しでも身体が揺《ゆ》れると、ベンジャミンの抑《おさ》えたうめき声が聞こえ、肩につかまる手に力が入る。一行は、川のそばで休みを取った。これから先、一番辛い登り道が待っているのがわかっている。そこから先、ベンジャミンはリアにも杖《つえ》になってもらわなければならない。片方《かたほう》の手をリアの肩にかけ、もう片方をジョーの肩にまわしても、傷《きず》ついた足にかなりの体重をかけることになる。ひと足ひと足がベンジャミンを苦しめ、ジョーも同じだけ苦しんだ。

ジョーは、一番近道ができる登り道を選んだ。草原を横切るルートだった。ドイツ兵の警備隊《けいびたい》を避《さ》けることも、だれかに出会う危険性《きけんせい》も、ジョーの頭から消えていた。どうやらベンジャミンも同じようで、いつしか歌を歌い出した。初めは食いしばった歯の間からそっと口ずさむだけだったが、そのうちにリアの細い、小鳥がさえずるような声が加わった。勇ましい戦いの歌のようだが、ゆっくりした単調な曲なので、ジョーもすぐにおぼえてしまった。その歌の規則的《きそくてき》な、力強いリズムが、家までの辛い道のりを元気づけてくれ、家に着く頃《ころ》には、風に向かって大声で歌っていた。納屋《なや》の後ろから人影《ひとかげ》が現《あらわ》れたと思うまに、オルカーダばあさんのすがたになった。

ベンジャミンがのばした手をばあさんが握《にぎ》った。「おばあちゃん、全員無事だよ。無事だった」オルカーダばあさんが両腕《うで》をベンジャミンの身体にまわして支《ささ》えた瞬間《しゅんかん》、ジョーは、ベンジャミンの重さから自由になった。

「もう、帰らないと」ジョーは肩《かた》をもみながら言った。「家のみんなが心配してるだろうから」

「ジョー、ありがとう」オルカーダばあさんが言った。初めてジョーと呼《よ》んでくれた。

「だから言っただろう?」と、ベンジャミンが言う。「この子は、いい子だって」ベンジャミンはかがんで、リアの耳に何かをささやきかけた。

「ジョー、ジェンクゥーヤ」リアが言って、はずかしそうに微笑《ほほえ》んだ。

「何て言ったの?」ジョーが聞いた。

「ポーランド語で、ありがとうさ」ベンジャミンが教えてくれた。

自分の家に帰ると、二人とも起きて待っていた。帰る道々ジョーは言《い》い訳《わけ》を考えていた。難《むずか》しいことではない。帰りが遅《おそ》くなった時に、何度も言った話だから。けれど、その時には、本当のことだった。少なくとも一部分は本当だった。それに、これほど遅くなることは、一度もなかった。ワシを見たんだ。ジョーは、そう言った。ヒツジの番をしている時に、ワシを見た。そしたらユベールが来たから、ヒツジの番を頼《たの》んだ。ジョーはワシを追って谷をおり、山に登って行った。ワシの巣が見つかると思って。そして、帰る途中《とちゅう》に、道に迷《まよ》ってしまった。「山道は、真っ暗だもの」ジョーは言った。

おじいちゃんが眉《まゆ》をしかめて言った。「ワシは秋に巣作りをしないだろう?」

「もちろんしないさ」ジョーは続けた。「でも、ねぐらを見つけたかったんだ。今度の春にさがす時に、わかるようにね。もう何年も前から巣をさがしてるのを知ってるでしょ」

「ワシはどうでもいいけど」母さんが言った。「警備隊《けいびたい》はどうなの? ムッシュ・サートルの話を聞いてなかったの? ねえ、どうなの? 心配で具合が悪くなったわ、ジョー」

「全然見なかったよ」ジョーは言った。

「母さんは言ったはずだ。何度も言ったはずだぞ、母さんに何も言わずに遠出をするんじゃない」おじいちゃんが、わざと厳《きび》しい声で言っているのがわかる。あんまりうまくないから、すぐにわかってしまう。「父さんがいたら、そんなことはしないだろう?」そう言われると、ジョーも何も言えない。だから、黙《だま》ることにした。それが一番だ。しまいには、二人ともお説教が底をつくに決まってる。何よりも大事なのは、作り話がばれなくて、ジョーの秘密《ひみつ》が守られること。

「父さんから手紙が来たの」母さんがポケットからハガキを出してジョーに渡《わた》した。前にも、父さんからハガキが送られてきたことがあった。いくつかの欄《らん》があって、そこに記入する形式のもので、手紙とは言えないものだった。それでも父さんの字だ。書いてあるのは、今までのハガキと同じだった。自分は元気だ。まだ伐採場《ばっさいじょう》で働いている。それで終わりだった。「もう三年になるのに」母さんが言った。「ほとんど三年になるというのに」

「帰ってくるさ、リズ」おじいちゃんが言った。

「そうでしょうか?」母さんが首を振《ふ》り振り言った。「戦争がこんな具合じゃ、無理でしょう。決して帰してくれないわ。決して」ジョーは、母さんの涙《なみだ》を見たくなくて、目をそらした。「何より悪いのは、あの人がどこにいるかもわからないってこと。いる場所さえわかれば、地図を見て、ここよ、父さんはここにいるんだって、言えるけど」

「もう寝《ね》なさい、ジョー」おじいちゃんが言った。「明日は、学校がある。もう、ワシを追いかけるんじゃないぞ、いいかい?」おじいちゃんは、出て行きながらジョーのおしりをそっとたたいた。

父さんから手紙が来ると、いつもこうなった。しばらく前から、普段《ふだん》は、父さんのことをほとんど話題にしなくなっていた。忘《わす》れてしまったわけではなく、ただ、いないというだけ。父さんなしで、暮《く》らしていかなくてはならなかった。ある意味、父さんのことを考えないおかげで、何とかやっていくことができた。けれど、父さんからハガキが届《とど》くと、母さんは必ず機嫌《きげん》が悪くなり、そのあと何日かは口をきかなくなって、家じゅうがピリピリする。おじいちゃんは別だ。おじいちゃんをピリピリさせるのは、ドイツ兵だけだった。

翌日《よくじつ》、いつもの朝と変わらずユベールが家の外でジョーを待っていた。ユベールはジョーといっしょに歩いて学校へ行くのが好きで、いつもそうしている。学校へ通う年齢《ねんれい》は過《す》ぎているのだが、オーダ先生はユベールを迎《むか》え入れ、教室の一番後ろに座《すわ》らせて、ミニチュア細工をさせている。材料のパンもユベールにあげている。ユベールが授業《じゅぎょう》の邪魔《じゃま》をすることはほとんどなかった。時々つばをはく音をたてるが、生徒たちはみんな知らん顔をするようになっていた。ユベールのミニチュア細工は、パンで作るのだ。パンを切って柔《やわ》らかい中身を出し、皮を捨《す》てる。パンの柔らかい部分をこねて、つばをはきかけながら粘土《ねんど》のように練《ね》る。それを薄《うす》く伸《の》ばして、好きな形に切るのだ。すると、そんな材料が、小さなカップやおわん、グラスに変身するのだ。形ができると、アイロンの先を押《お》し付けて、硬《かた》くする。ユベールの不器用そうな大きな手が、そのような繊細《せんさい》な作品を作り出すのは、驚《おどろ》くばかりだった。良く乾《かわ》かしたあとは、細い筆を使って色を塗《ぬ》り、ニスで仕上げて、友だちや父親にあげるのだが、もらった家にはユベールの作品が山のようになる。ジョーも二十一個《こ》持っていて、自分の部屋の棚《たな》に並《なら》べてあった。ひとつひとつ、どれも違《ちが》う作品だった。それは、いつまでも続く友情《ゆうじょう》の印であり、ジョーは宝物《たからもの》のように大事にしていた。

オーダ先生は、ユベールが学校に来るのを喜んでいて、生徒たちもみな、同じだった。ユベールには、悪意がひとかけらもない。小さい子どもたちは、休み時間にユベールが自分の大きな身体に登らせてくれるから、大好きだった。ユベールが立ち上がれないように子どもたちが上に座《すわ》り、立ち上がろうとするユベールが巨人《きょじん》のようにもがき、子どもたちを引きずり回して戦うのが最大の楽しみだった。落とされてはまたよじ登り、またユベールをかがませようとする。最後にはユベールが座りこんで、子どもたちが勝利の叫《さけ》びをあげるのだった。年長の生徒は、半ばユベールを怖《おそ》れていた。正直に言えば、ジョーも同じだった。ローランのように時々ユベールのまねをする子がいたが、決まって彼《かれ》の後ろからだった。そんなときでも、ユベールには敬意《けいい》を持っていた。身体が大きいことだけでなく、ユベールがいつでも何の遊びにでも加わるからだった。まるでカメレオンのように、海賊《かいぞく》にも、兵隊にも、インディアンにも、何にでもなれる。子どもたちが幸せなら、ユベールも幸せだった。だれかが悲しそうにしていると、ユベールはそばに寄《よ》り添《そ》ってその悲しさを分かち合ってくれる。そして、例外なくだれもがユベールの作品を称賛《しょうさん》していた。オーダ先生は、いつの日にか、パリで開かれる展覧会《てんらんかい》に出品されて、みんなで見に行くようになるだろうと言っていた。ユベールのミニチュア細工は、それほど素晴《すば》らしかったから、だれも先生の言葉を疑《うたが》わなかった。

その日もユベールは教室の一番後ろの席に座って、指先に目をつけるようにして製作《せいさく》中《ちゅう》のミニチュアのカップに集中していた。

その時、アルマン・ジョレが教室に飛び込《こ》んできて、オーダ先生のひじをとらえると、扉《とびら》のところへ連れて行った。二人は何やら興奮《こうふん》して話し込んでいたが、やがてオーダ先生がユベールをちらっと見て、呼《よ》んだ。ユベールは、工作を中断《ちゅうだん》するのがいやそうだった。「ユベール、早く!」先生が手をたたいて言うと、ようやくズボンで手をふきふき机《つくえ》から離《はな》れた。「太鼓《たいこ》だ、ユベール」先生が言うと、ユベールが目を輝《かがや》かせた。

ユベールは太鼓が大好きだった。生徒たちにとっては、授業《じゅぎょう》に邪魔《じゃま》が入るのは何だろうと大歓迎《だいかんげい》だったが、ユベールが太鼓を持って行かされるのは、特別重要なことが起きていることを意味する。生徒たちが校舎《こうしゃ》の外に集まった時には、ユベールの打ち鳴らす太鼓の音が村じゅうに響《ひび》いていた。オーダ先生は生徒を二列に並《なら》ばせた。並ぶ相手は決まっていた。ジョーの隣《となり》はローランで、小さい頃《ころ》から同じだった。生徒たちは二列の長い行列を作って、村の広場に向かって歩いた。家々から村人が、外套《がいとう》をはおりながら飛び出してくる。何事が起きたのか、だれも知らなかった。広場に着くまでは。

役場の正面に、ドイツ兵が整列していた。灰色《はいいろ》の軍服を着た兵隊が二列に並《なら》んでいる。ヘルメットではなく布《ぬの》の帽子《ぼうし》をかぶっている。兵隊の列の前に、鹿毛《かげ》の馬にまたがった将校《しょうこう》がいて、両手を手綱《たづな》にかけ、ベルトに拳銃《けんじゅう》を差している。ユベールの太鼓《たいこ》の音が近づくとともに、広場の村人の数が増《ふ》えて来た。フランス国旗と同じ三色のリボンを肩《かた》からつけたムッシュ・サートルが将校のわきに立って、何かの書類を読んでいる。前が見えないので、ジョーは戦没者記念碑《せんぼつしゃきねんひ》の後ろの柵《さく》に登った。ちょうどその時、熱心に太鼓を打ち鳴らしながらユベールが広場に行進してきた。ロウフを連れたおじいちゃんが、壁《かべ》に寄《よ》りかかって、感心しない顔でドイツ兵を見ている。村長がユベールに止まれと言ったが、太鼓打ちに夢中《むちゅう》のユベールには、父親の指示《しじ》も聞こえないようだった。アルマン・ジョレがユベールの肩をたたいて、首を横に振《ふ》って見せた。ユベールが太鼓を打つのをやめた。集まった全員が静まるのを待って、将校が口を開いた。言葉には訛《なま》りがあったが、ゆっくり話したので、ジョーにも聞き取れた。

「私《わたし》は、ヴァイスマン中尉《ちゅうい》です」その体格《たいかく》通りの弱々しい声だった。背《せ》が高く、やせぎすで、ひょろりとしている。「国境警備《こっきょうけいび》のため、このレスキュンの村に派遣《はけん》されました。私と部下たちは、教会の隣《となり》の司祭館《しさいかん》に逗留《とうりゅう》することになります。これからしばらくの間、みなさんの村で暮《く》らすことになります。できるだけ平和に過《す》ごせればと願っています。よほどのことがない限《かぎ》り、みなさんの生活の邪魔《じゃま》をしないと約束します」

中尉が話している途中《とちゅう》で、乗っている馬が頭を振り上げ、馬のハミが音を立てた。やがて馬は前足で地面を引《ひ》っ掻《か》き始めた。この前来た兵隊たちとは、ずいぶん違《ちが》うようだ。今度の兵隊たちは、比較的《ひかくてき》年配で、太った人も、白髪頭《しらがあたま》の人もいる。軍靴《ぐんか》は土ほこりだらけで、軍服もあまり似合《にあ》っていない。この人たちは、本物の兵隊ではなくて、兵隊の恰好《かっこう》をしているだけのような気がする。中尉が言葉を続けた。

「しかしながら、守っていただくべき決め事が、いくつかあります。第一に、夜間外出禁《きん》止《し》。だれであろうと午後九時三十分以降《いこう》は、自宅《じたく》から出ることを禁じます。そして、いかなる時も全員が身分証明書《しょうめいしょ》を身につけていること。これが第二。そして最後に、すべての銃器《じゅうき》、猟銃《りょうじゅう》、散弾銃《さんだんじゅう》に類する銃は、今夕六時までに提出《ていしゅつ》すること。おわかりのように、安全のための措置《そち》です。繰《く》り返《かえ》しますが、われわれは、国境警備のために派遣されたものです。スペインへ逃亡《とうぼう》しようとする人間が大勢《おおぜい》います。万一そのような人間を手助けしようとして捕《と》らえられた場合は、どうなるか、みなさんはよくご存知《ぞんじ》でしょう。これだけは申し上げておきます。不必要ないざこざを望むわけではありませんが、われわれはやるべき任務《にんむ》を遂行《すいこう》する。断固《だんこ》遂行すると申し上げる。ご清聴《せいちょう》に感謝《かんしゃ》します」中尉は、馬の足元あたりを示《しめ》して続けた。「午後六時までに、ライフルなどの銃をここに提出すること。

この場所で部下が受け取ります。以上」中尉《ちゅうい》が兵隊を振《ふ》り向いた。号令がかかり、兵隊たちはそれぞれ肩《かた》からライフルを吊《つ》り下げたまま広場を渡《わた》り、教会の方へ向かって行進して行った。

「おれは従《したが》わないよ、ジョー」その日の午後、二人でヒツジを牧草地から連れ帰る時、おじいちゃんが言った。「言っておくが、おれは従わない。やつらは、まるで自分の物であるかのようにこの村に入ってきた。ラサール神父を司祭館《しさいかん》から追い出して、夜は出歩くなと命令する。われわれは何なんだ？ 子どもか？ いい子だから、その銃《じゅう》を渡しなさいか。やつらは自分を何様だと思っているんだ？ ああ、確《たし》かに今度のドイツ人どもは、礼儀正《れいぎ》しいさ。どうぞお願いしますも、どうもありがとうも言えるだろう。礼儀正しいのは認《みと》める。だが、やつらにはそれだけの余裕《よゆう》があるってことだ。そうだろう？」それは、家に着くまで続く、おじいちゃんの独《ひと》り言《ごと》だった。

家に着くとユベールが塀《へい》の上に座《すわ》り、かかとで塀を蹴《け》りながら待っていて、ジョーたちを見ると飛びおりて門をあけてヒツジを通してくれた。ちょうどその時、兵隊が三人背嚢《はいのう》を背負《せお》い、足並《あしな》みをそろえて角を曲がってやってきた。兵隊たちは、ユベールとロウフがヒツジを塀の中に追い込《こ》むまで待っていた。ジョーの目に、三人の中の一番背《せ》の高い兵隊の肩に階級の線があるのが見えた。他の二人からは頭と肩が飛び出るほど背が高く、布《ぬの》の帽子《ぼうし》を粋《いき》な角度に傾《かたむ》けてかぶっている。顔の大きさの割《わ》りに小さ過《す》ぎる黒い口ひげをはやしている。ジョーと目が合うと、微笑《ほほえ》んで陽気に手を振《ふ》った。やがて、兵隊たちは去った。するとおじいちゃんがジョーの腕《うで》をつかんだ。

「やつらに笑いかけるんじゃない」おじいちゃんが言った。「やつらを居心地《いごこち》よくさせるなど、死んでもお断《ことわ》りだ」

「笑いかけてないよ」ジョーが言った。その通りだったが、笑い返したかったのは確かだ。

「ぼくは、見てただけだもの」

ジョーの腕を握《にぎ》る手に力が入り、おじいちゃんがクックッと笑い声を立てた。「やつら、ライフルが欲《ほ》しいんだな？　よかろう、ライフルをやるさ。ちょっと待ってろ」

おじいちゃんは、扉《とびら》を開けて納屋《なや》に入るヒツジたちをかき分けるように家に入って行き、少しすると外へ出て来た。ジョーは、おじいちゃんの考えが、すぐにわかった。おじいちゃんは、台所のかまどの上にしまってあった古い先込《さきご》め銃を持っていた。おじいちゃんの、ひいおじいさんが、大昔の大戦の時代に使っていたものとかいう話だった。おじいちゃんは、その年代物の銃をユベールに渡した。

するとユベールはにっこり微笑んで、肩にあて、空高く飛ぶカラスに狙《ねら》いをつけた。

「バーン」ユベールが撃《う》つまねをした。「バーン、バーン」

「それは渡《わた》しちゃだめだよ」ジョーが言った。

「どうしてだ？　それがやつらの望みだろう？　ライフルが欲《ほ》しいんじゃないのか？」そしてユベールに向いて言った。「それは、おまえさんのじゃないよ、ユベール。やつらに渡すんだ。ドイツ野郎《やろう》に」ユベールの顔から微笑《ほほえ》みが消えた。

「ほら、触《さわ》ってごらんジョー」おじいちゃんが言って、ジョーの手を自分のわき腹《ばら》にあてた。外套《がいとう》の上から、おじいちゃんの猟銃《りょうじゅう》があるのがわかる。「万一、やつらがさがしに来た場合のためにな。きっと、来るだろう。それは確《たし》かだ。その時のために、これをどこか見つからない場所に隠《かく》す。やつらがさがそうとも思わない場所に。おいで。ユベールもおいで。手伝いが必要だ」ユベールはまた嬉《うれ》しそうな顔にもどった。必要とされ、人の役に立つのがいつでも嬉しいのだ。

　三人は村の裏側《うらがわ》を回って、教会の墓地《ぼち》の裏に出た。おじいちゃんは塀《へい》の上に登って、まわりを見回してから、足を振《ふ》り上げてはずみをつけ、中におり立った。ジョーの一家のお墓《はか》は、墓地の奥《おく》の、谷間を見下ろす側にある。墓地の中で、一番見晴らしがいい場所だと、いつもおじいちゃんが言っている。墓石の陰《かげ》にしゃがむと、おじいちゃんが外套を広げた。そしてライフルを取り出すと、墓石のふたになっている灰色《はいいろ》の大理石の板に慎重《しんちょう》に立てかけた。

「さあ、手伝ってくれ」おじいちゃんが言った。石の板は、思ったよりずっと簡単《かんたん》に動いた。「それで充分《じゅうぶん》」おじいちゃんは言って、まわりを見回した。外套のポケットに手を入れると、銃弾《じゅうだん》を一発取り出した。それを親指と人差し指でつまみ上げる。おじいちゃんは、ジョーが聞いたこともないような冷たい声を出した。「その時が来たら、いざという時が来たら、やつらのうち少なくとも一人は道連れにしてやる」そう言って、おじいちゃんは銃弾を一発込《こ》めた。それから、その銃をていねいに布《ぬの》に包んで、墓の中におろすと、中をのぞいてつぶやいた。「これでよし」ジョーたちは三人がかりで、大理石の板を持ち上げ、押《お》して、元にもどした。

「さてと」おじいちゃんが両手をこすってほこりを落としながら、いたずらっぽい笑顔になった。「これで、やつらにライフルを渡せる。直接《ちょくせつ》渡してやろう」おじいちゃんは、古ぼけてさびついた銃を取り上げた。ジョーとユベールは、おじいちゃんのあとについて、裏口から教会に入った。そして、暗い回廊《かいろう》をぬけ、教会の正面玄関《げんかん》から出て陽射《ひざ》しの中に踏《ふ》み出した。

広場には、兵隊が二人立っていた。その足元の地面に、数丁のライフルが集まっている。おじいちゃんは、まっすぐ兵隊のところに向かって歩いて行った。何秒かの間、おじいちゃんは兵隊を上から下までジロジロ見た。観察でもするように。一人、そしてもう一人。

「こんにちは」やがておじいちゃんが話しかけた。「これが、入用だそうだが」そう言って、さびた銃《じゅう》をライフルの山の上に置いた。

兵隊たちは銃を見下ろし、そのあとおじいちゃんを見た。どうしていいか、わからないようだった。

「時々油を差してやる必要がある」おじいちゃんが言った。「忘《わす》れずに手入れをしてくれよ」片方《かたほう》の兵隊が何かを言おうとしたが、おじいちゃんはくるりと背中《せなか》を向けて歩き去った。ジョーがふりかえると、兵隊たちは三人をじっと見ていた。

「楽しませてもらったよ」角を曲がりながら、おじいちゃんが言った。その顔の微笑《ほほえ》みを見て、ユベールが笑い出した。ユベールが笑う時は、身体の底から笑うから、つられてだれもが笑い出す。

パン屋の前を通る時も、まだおじいちゃんはクックッと笑っていたが、その時オルカーダばあさんのすがたがジョーの目に入った。ゆっくり、こっちに向かって来る。うつむいているので、頭にかぶったショールしか見えない。両手にひとつずつ買い物かごを持っている。

おじいちゃんが両手を差し出して大声で呼《よ》びかけた。

「アリス！　また若返《わかがえ》ったようじゃないか」

オルカーダばあさんは、近づくおじいちゃんに微笑みかけた。おじいちゃんは、親しみをこめて両ほおにキスをした。

「冗談《じょうだん》はおよしよ、老いぼれヤギ」オルカーダばあさんは、おじいちゃんを押《お》しのけて、そう言い返したあと、不思議そうに顔を見た。「ところで、どうしてそんなに嬉《うれ》しそうにしてるんだい？」

「それは、この三人のちょっとした秘密《ひみつ》でね。なあ、おまえさんたち」言いながらおじいちゃんは、オルカーダばあさんの腕《うで》を取った。「だれだって、ちょっとした秘密ぐらい許《ゆる》されるだろう？」

オルカーダばあさんは、おじいちゃんの手を振《ふ》り払《はら》おうとした。「アンリ！　人がどう思うかわからないでしょ」

「人には、勝手なことを思わせとけばいい」構《かま》わずおじいちゃんが言った。「そんな心配をする年齢《ねんれい》はとっくに過《す》ぎてるさ。そっちだって、同じだろう」

パン屋の入口で、マダム・スーレがポカンと口を開けていた。おじいちゃんは、お世辞を言ってあいさつをした。

「奥様《おくさま》、お荷物をお持ちしましょう。お宅《たく》まで、お供《とも》させていただきます」おじいちゃんがオルカーダばあさんに言った。

ちょうどその時、笑い声が聞こえたと思うと、ドイツ兵が二人、広場からこちらへやってきた。角で立ち止まって、互《たが》いのタバコに火を点《つ》け合っている。

「兵隊が来たとは聞いてたが」オルカーダばあさんが言った。「何人ぐらいいるんだろう？」

「二十二人だ」おじいちゃんが答えた。「あとは馬が一頭。任務《にんむ》だそうだ。言っておくが、だれ一人としてあの山々を越《こ》えるわけにはいかない。今は」

「この子は、お孫さんだろう？」オルカーダばあさんが言った。ジョーは、目を合わせることができなかった。

「何か言うことがあるだろう？」おじいちゃんがジョーをつついた。

「こんにちは」ジョーが言った。

「この子は、力があるかい？」

「もちろんだとも」そう言っておじいちゃんは、ジョーの腕《うで》を満足気につかんだ。「血筋《ちすじ》がいいからな」

オルカーダばあさんがうなずいた。「この子を、貸《か》してもらうわけにいかないだろうか？」オルカーダばあさんが、鼻にしわを寄《よ》せて言った。

「貸すって？」

「例えば、週に一度とか。買い物の荷物を運んでもらいたいのさ。登りおりがあるからさ、アンリ。下りは、上りより辛《つら》い。長年使ったひざが、言うことをきかないんでね」

「どうだろう。今はちょっと難《むずか》しいかもしれん。これの父親がいないし。この子の労力を割《さ》けるかどうか」

「いい考えがある」オルカーダばあさんが言った。「お代を支払《しはら》うよ。毎週、ハチミツを一キロ。それでどうだい？　一時間か二時間でいいんだ。それで、ずいぶん助かる」

「一週間に一度だね？」と、おじいちゃん。「そうだな、それぐらいなら何とかなるだろう。ジョー、どうだい？」ジョーはうなずいた。「いつから始める？」

「今から」オルカーダばあさんが言って、大きいほうの買い物かごを差し出した。「さあ、おいで坊《ぼう》や。あんたを食べやしないよ。行こう」

おじいちゃんは笑って見送った。「支払いを忘《わす》れずに」おじいちゃんが呼《よ》びかけた。ジョーは、黙《だま》ってばあさんのあとをついて、村を出た。

二人が道をそれて牧草地に入ると、初めてばあさんが口を開いた。持っていた買い物かごを地面に置いてかがみこみ、ひざに両手をついて荒《あら》い息をつく。

「大丈夫《だいじょうぶ》ですか？」ジョーが聞いた。

ばあさんはうなずくと、ジョーを見上げて言った。「ごめんよ、ジョー。でも、ほかにあのことを知っている者はいないし、頼《たよ》る人がいなかったんだ。あんたのおじいちゃんを信頼《しんらい》しないわけではないんだが、知っている人が少ないほうが、危険《きけん》が少なくなる」ばあさんは、ゆっくりしせいをもどした。「今は、五人いるんだよ、ジョー。めんどうを見る子どもが五人。その上、さらにここへ向かっている子がいる。ベンジャミンはまだ足首のせいで寝《ね》たきりだ。立ち上がることすらできずにいる。でも、ベンジャミンが治ったとしても、山を越《こ》えることはできない、今はね。あんなに兵隊がいたんじゃ無理だ。どうしたらいい？　元いたところに子どもたちを返すわけにはいかない。行きたい場所に連れて行くこともできない」ばあさんは、ショールの端《はし》を持って顔を扇《あお》いでいる。「どうしたらいいか、わからないよ、ジョー。あの子たちにいつまで食べさせることができるか、わからない。それに、食料品屋のアルマン・ジョレが疑《うたが》いはじめてるのがわかる。それも無理はないだろう。今まで、こんなに食料を買ったことはないからね。しかも、買った物を家まで運べない。ジョー、自分一人ではね。以前のようには力がなくて。おまえさんの助けが、どうしても必要なんだ」

第五章

村を占領《せんりょう》したドイツ兵への敵意《てきい》は表立ってては見えなかった。そして、日にちがたつにつれて、彼《かれ》らを憎《にく》むことが難《むずか》しくなっていった。ドイツ兵たちは気さくだったし、ひかえ目と思えるほどだった。家宅捜索《かたくそうさく》もせず、村にドイツの国旗をはためかせることもなかった。ヴァイスマン中尉《ちゅうい》は赴任時《ふにんじ》に言ったことをできる限《かぎ》り守ったようで、村人とドイツ兵はグループの違《ちが》う隣人《りんじん》同士として敬《うやま》いつつ、つかず離《はな》れずで暮《く》らしていた。日曜日に教会に礼拝《れいはい》に来る兵隊もいて、ヴァイスマン中尉がその一人だった。ラサール神父は大のオルガン演奏《えんそう》好きだが、どうやらヴァイスマン中尉も同じ趣味《しゅみ》らしかった。中尉が教会のオルガンを練習したいと言うと、ラサール神父は大げさ過《す》ぎるほど歓迎《かんげい》した。夜には、多くの兵隊がカフェにやってきたが、そこでもはじめ村人と兵隊は離れて座《すわ》っていた。けれど、そのうち兵隊のうち二人か三人が第一次大戦のベルダンの戦いに加わっていたことがわかった。そうなると、仇敵《きゅうてき》同士がカフェで思い出話にふけるまではすぐだった。どちらの側にも、恨《うら》みはなかった。逆《ぎゃく》に、戦時中の苦しみを分かち合ううちに、わだかまりや不信感が消えていったのだった。

ジョーも自分の目で見るまで信じられなかったが、あのおじいちゃんでさえ、当時の敵《てき》と思い出話に浸《ひた》ることになったのだ。ある日の学校からの帰り道、ジョーはおじいちゃんがカフェの外にいるのを見た。おじいちゃんが、ドイツ兵と話し込《こ》んでいるではないか。そのドイツ兵は、おじいちゃんにおおいかぶさるように立つ大きな男だった。軍服に筋《すじ》が入っているから、将校《しょうこう》だ。伍長《ごちょう》だと、おじいちゃんが教えてくれた。ヴァイスマン中尉《ちゅうい》の他にフランス語を話せるのは、その伍長だけだった。その伍長は、機会あるごとに子どもたちにフランス語で話しかけては、会話の練習をしていた。お菓子《かし》をくれるから、子どもたちは伍長が大好きになった。数日前に、ジョーにもお菓子をくれた。ジョーはお菓子をもらったものの良心にさいなまれて、角を曲がる時に口からはき出してしまった。けれど、ロウフが大喜びで飲み込むのを見たとたんに後悔《こうかい》した。

伍長はジョーが近づくのを見て微笑《ほほえ》みを浮《う》かべたが、おじいちゃんは少し照れくさそうだった。家に帰る道々、おじいちゃんが説明してくれた。

「とても信じられないことだよ。だが、どうやらあの伍長とは、ベルダンの戦いで撃《う》ち合《あ》いをしていたようなんだ」おじいちゃんは、首を振《ふ》り振り言った。「伍長は、ほんの十六歳《さい》だったそうだ。おじいちゃんと同じで、傷病兵《しょうびょうへい》として送還《そうかん》された」そう言うとおじいちゃんはジョーの目を見て、黙《だま》り込んだ。

そんな、老兵同士の再会《さいかい》が最後の壁《かべ》を壊《こわ》したようで、村は落ち着きを取りもどして、ドイツ軍占領下《せんりょうか》の新しい暮《く》らしに馴染《なじ》んでいった。

ユベールは当初、だれよりも怒《おこ》っているようだった。我慢《がまん》できず、明らかに反抗的《はんこうてき》な態《たい》度《ど》を示《しめ》した。村でドイツ兵に合う度に舌《した》を鳴らして見せたが、ドイツ兵たちはただ笑って、ユベールに舌を鳴らし返すのだった。そのうちには、単なる仕返し遊びに変わっていて、ユベールも兵隊たちも楽しむようになった。ドイツ兵がユベールの名前をおぼえるまで、時間はかからなかった。兵隊たちはユベールにチョコレートをあげ、ヴァイスマン中尉の馬の手入れをさせてくれた。ユベールは大喜びして幸せになった。だれだろうとユベールを幸せにする者は、村人たちに受け入れられる。

ジョーはクマ狩《が》り以前から、アルマン・ジョレが好きではなかったが、今はもっと嫌《きら》いになった。ドイツ兵が来て以来アルマン・ジョレの店は繁盛《はんじょう》していて、実際《じっさい》大繁盛だった。兵隊たちは金を持っているが、村で金を使う場所といったら、カフェかアルマン・ジョレの店しかなくて、どちらもジョレ一家の持ち物だからだ。村のだれよりもアルマン・ジョレが兵隊に媚《こ》びていた。店では兵隊につきっきりで応対《おうたい》し、彼《かれ》らのために入口のドアを開けてやるのだった。アルマン・ジョレがペコペコして手をもむすがたを見ると、ジョーは苛立《いらだ》つ。しかも最近ジョーは、オルカーダばあさんの買い物を受け取りに、ジョレの店によく行く。今では週に二回は、どんな天候でも買い物を持って丘《おか》を登るのだった。買い物かごの重みで、ジョーの腕《うで》は痛《いた》んだ。オルカーダばあさんの話では、今は八人の子どもたちがいるそうだ。ジョーは、リア以外会ったことがない。そのリアでさえ、しばらくすがたを見ていなかった。納屋《なや》に忍《しの》んで行って中を見たいと思ったが、それはしてはいけないと、わかっていた。いつもベンジャミンが扉《とびら》の所に来て、買い物かごを受け取る。ベンジャミンは傷《いた》めた足をまだ引きずっていた。オルカーダばあさんの家に行く度に招《まね》き入れられはするが、暖《あたた》かい台所に長居《ながい》はさせてくれなかった。「ジョー、あんたのハチミツだ」そう言ってオルカーダばあさんがテーブル越《ご》しにハチミツをよこす。「それからこれが、次の買い物リスト」そのあと気が付くと家の外にいて、閉《と》じた玄関扉《げんかんとびら》を見ている。なぜ長居ができないのかも、わかっていた。オルカーダばあさんがジョーの上にかがんで、何度も告げたからだ。「おぼえておいておくれ、ジョー。村のみんなには、あんたは嫌々《いやいや》クロゴケグモばあさんのお使いをしているだけってことにするんだよ。あんたがここへ来るのを、だれが見ているかわかったもんじゃない。あんたは、ただ来て帰るだけ。人から色々聞かれたくないだろ？　そうしておくのが一番いい」

ジョーも、それが正しいとはわかっていたが、それでもやはり味気なかった。それに、いずれにしても色々な質問《しつもん》を受けはじめていた。ジョーには答えられない質問を。その冬のある午後も、店を出ようとするジョーの腕を、店主のアルマン・ジョレがつかんだ。

「あのばあさんが、こんなにたくさんの食料をどうするのか、おまえは知っているんだろう？」ジョーは、そっぽを向いた。「ばあさん、何かを企《たくら》んでいるんじゃないか？」

その瞬間《しゅんかん》ドアが開いて、伍長《ごちょう》が入って来た。口ひげが雪で白くなっている。「きみはジョーだったね？」伍長は足踏《あしぶ》みをして軍靴《ぐんか》の雪を落としながら話しかけた。「いつも買い物かごを運んでいるようだ。きみの家は、大家族なのかい？」ジョーは何も答えなかった。

「オルカーダばあさんの買い物ですよ、伍長さん」アルマン・ジョレが説明した。「ジョーは、使い走りというわけで。一人暮《ぐ》らしだというのに、十人家族が養えるほどの食料を貯めこんでいる。きっと、冬に備《そな》えて貯めているんでしょうな、リスみたいに」そう言って、甲高《かんだか》い神経質《しんけいしつ》な笑い声をあげた。「ところで、何を差し上げましょうか、伍長さん」

「タバコ」そう言ってから伍長はジョーをふりかえった。「ちょっと待って、ジョー。手伝おう。外は滑《すべ》りやすいから」伍長はタバコ代を払《はら》い、アルマン・ジョレは釣《つ》り銭《せん》を念入りに数えたと思うと突然《とつぜん》「ありがとうございます」と言って、二人を送り出した。

ぼたん雪が降《ふ》っていた。伍長は、両方の買い物かごを持つと言《い》い張《は》って持ち、頭をのけぞらせて、舌《した》を突《つ》き出して雪を受けとめようとした。ところが舌に乗る前に目に入ってしまったので、笑い出した。「故郷《こきょう》に帰ったような気分になるな」伍長《ごちょう》が言った。並《なら》んで歩きながらジョーは、この場から逃《のが》れられる方法ばかりを考えていた。

「そのおばあさんだけど。家は、どこなの？」伍長が言った。

「村をはずれた丘《おか》の上です」そう言ってジョーは買い物かごに手をのばした。「自分で持てます。本当に」それでも伍長は、渡《わた》そうとしない。

「距離《きょり》はどれくらい？」

「三、四キロです」

「それほど遠くないな」伍長は言って歩き続ける。

「バイエルンって、知ってる？」ジョーは首を横に振《ふ》った。「ドイツの州だよ。南部だ。私《わたし》の故郷は、レスキュンみたいな村で、こんなふうに、まわりじゅうを山に囲まれている。私の職業《しょくぎょう》は林業なんだよ、ジョー。だから、ここが故郷みたいに思えるのがわかるだろう？」

ジョーは、伍長から逃れられる口実を必死に考えていた。「もし、伍長さんが運んでいるのを見たら、ハチミツがもらえません」ジョーが言った。口実としては弱いが、それだけしか思いつかなかった。

「ハチミツ?」

「お駄賃《だちん》です。オルカーダさんから、ハチミツでお駄賃をもらうんです。でも、伍長さんが荷物を運んでいるのを見られたら、もらえません」

「家を出てからハチミツにお目にかかっていないなあ」伍長が言った。「アカシアのハチミツ、リンゴの花のハチミツ。うちでは、それが採《と》れるんだ。妻《つま》が作る。もちろん実際《じっさい》にハチミツを作るのはミツバチだけど、妻がハチの世話をするんだよ。うちの子どもたちは、ハチミツが大好物でね。あっという間に食べてしまうから、私はスプーンをなめられればいいほうだ。女の子ばかりだ、うちの子どもたちはね。三人とも女の子。想像《そうぞう》できるかい、ジョー、家の中に女が四人で、男は自分一人。ハチミツもなければ、平安もない」伍長は、急に真顔になった。「これほど子どもたちが恋《こい》しくなるとは、思わなかったよ。一番上の子は、ベルリンの電話会社で働いている。頭のいい子でね」伍長は立ち止まって買い物かごをおろした。「ずいぶん重いな。五千人分もの食料が入っているに違《ちが》いない」

ジョーは機会を逃すものかと、すぐにかごを取り上げた。

「ありがとうございました。あとは、持って行けます」

「よろしい。だが、いつかは、ハチミツの味見をさせてくれるね?」伍長はそう言うと、降《ふ》りしきる雪をすかして、村を囲む高い山々を見上げた。「クマみたいだな」伍長が笑いながら言った。「ハチミツが好きで、山が好き。雪が好き。故郷《こきょう》の山にも、クマがいるよ。ワシもいる。そうだ、ワシがいる」

「ここにもいます」ジョーが言った。

「そうだね。私《わたし》も見た。ハゲワシもいる。ジョー、双眼鏡《そうがんきょう》でワシを見たことがあるかい？」伍長《ごちょう》が言った。

「ありません」

「春になったら、ジョー、いっしょに山に登ろう。そうして、双眼鏡でワシを見せよう。いいね？　双眼鏡を使うと、ワシが自分の鼻みたいに近く見える。手をのばせばさわれそうなほど近くにね。約束しよう。いいね？」伍長は、そう言い残して、歩き去った。

暖《あたた》かいオルカーダ家の中に落ち着くと、ジョーはなかなか外に出て行く気にならなくなった。なぜかオルカーダばあさんたちも、ジョーを帰したくないようすで、テーブルにつかせて、熱いスープをよそってくれた。スープをふうっと吹《ふ》くと、湯気で顔が温かくなった。パンでスープをこそげつくす頃《ころ》になって、ようやくジョーは、二人がひと言もしゃべっていないのに気づいた。まだ口にいっぱいパンをほおばったまま、ジョーは二人の顔を見比《みくら》べて、待った。どうやら、言っておきたいことがあるようだ。

「ジョー」ベンジャミンが口を開いた。「きみは今、ぼくらのために、せいいっぱい働いてくれている」話しながらベンジャミンは、ストーブの方へ行った。椅子《いす》の背《せ》につかまりながら歩いている。やがて、振《ふ》り向《む》いて正面からジョーの顔を見た。真剣《しんけん》な顔つきだ。

「きみに頼《たの》みごとはしたくないんだが」

「頼みごとって?」

「お金がいるんだよ、ジョー」オルカーダばあさんが言った。「これ以上食料を買い続けるお金がない。今納屋《なや》には十人の子どもたちがいる。あの子たちに、この家も何もかも食べつくされた。ウシの乳《ちち》が出なくなったから、もうミルクもない。ジョーに払《はら》うハチミツも、もうない。あと一週間はもつが、それでおしまいだ」そう言って、椅子に体を沈《しず》めた。

「こうなったら、できることは、ただひとつだ、ジョー。ブタを売るしかない。子どもたちやベンジャミンはブタ肉を食べない。ユダヤ教の教えに反するからね。それに、ブタを養うお金もない。だから、ブタを売って資金《しきん》を作れば、おそらくこの先数か月はもつだろう。そうするより他はないんだ。だが、売る相手はだれでもいいわけではないんだよ、ジョー。私にはあのブタたちは、家族同然だからね。この谷じゅうで、ブタの扱《あつか》いを私以上によく心得ているのは、あんたのおじいさんのアンリだけ。若《わか》い頃はずっとブタを飼《か》っていて、とてもよくしていたからね。だが問題は、アンリだって、実際《じっさい》にブタを見ないでは買わないだろうってこと。そうじゃないかい? そこで、ジョー、あんたにお願いがある。

アンリを、ここに連れてきてくれないか」ジョーは思わずベンジャミンの方を見た。

「この人のことは心配いらない」オルカーダばあさんが言った。「すがたを見られないようにするから。子どもたちも同じ。アンリには、何も知られないようにするよ。知らせないからといって、あの人が傷《きず》つくことはないだろう。だから、次にあんたが買い物を持って来る時に、来週の水曜の午後だったね？　その時に、アンリを連れてきてほしいんだ」

「おじいちゃんには、なんて言ったらいいでしょう？」

「あのおばあさん、年だからって。めっきり老けて、今までのようには動き回れないとでも言っておくれ。それは本当のことだしね。ジョー、なんとでも言ってくれていいから、ともかくアンリを連れてきておくれ」

「できるかな、ジョー？」ベンジャミンが言った。

「やってみます」ジョーが答えた。

そこで、その晩《ばん》、母さんがクリスチナを寝《ね》かしつけに二階へ行っている間に、ジョーはおじいちゃんに話してみた。

「何？　ブタを全部売るって？」おじいちゃんは眉《まゆ》をひそめてタバコに火を点《つ》けると、咳《せき》払《ばら》いでマッチの火を消した。

「そう言ってた。もう年だから、ブタの世話ができないんだって」

おじいちゃんは首を振《ふ》り振り言った。「それは妙《みょう》だな。なんとも腑《ふ》に落ちない。あの人は、ずっとあそこでブタを飼《か》って暮《く》らしてきたんだ。その前は、あの人の父親がやってたように。ブタのことを、実の子どものように可愛がっている。よっぽどのことがなけりゃ、売るはずがない。そう思うよ。なあ、ジョー、あの人がブタを売る時は、人生の終わりだ。生きる意味がなくなる」

「もしかしたら、お金が必要なのかもね」ジョーが言った。

「そう。だが、何のための金だろうか」おじいちゃんが言った。「だって、自分一人が生きていければいいんだろう？　あの人は、ずっと慎《つつ》ましく暮らしてきた。どうもわからないな。だが……」おじいちゃんは、タバコの煙《けむり》越《ご》しに微笑《ほほえ》んだ。「この五十年かそこいらで、初めてのご招待《しょうたい》だ。だから、行くよ」おじいちゃんは前かがみになって、声を低めた。「しかしジョー、このことは母さんに言うなよ。母さんは、あの人を嫌《きら》ってる。あの人を好きなおじいちゃんを嫌うから、余計《よけい》悪い。おじいちゃんとあの人のことで、ある噂《うわさ》があってな。もちろん、うそっぱちさ。だが、おまえの母さんは、自分勝手に物語を作り始めるだろう。だから、言わないでくれ、いいな？」今やジョーは、秘密《ひみつ》を守ることになれっこになってきている。もうひとつぐらい秘密が増《ふ》えたって、何てことはない。

次の水曜の午後、ロウフがあとからついてきているのに、ジョーは気づかなかった。気づいた時には、すでに手遅《ておく》れだった。何とかして家に帰そうとしたが、全然帰ろうとしない。どんなに頑張《がんば》っても、ロウフは、やりたくないことは絶対《ぜったい》にしない。オルカーダばあさんの家の裏庭《うらにわ》に入って行くと、ロウフが納屋《なや》の壁沿《かべぞ》いに入口の方へと、匂《にお》いをかいで歩いていき、納屋の入口で立ち止まった。鼻面を扉《とびら》の下に押《お》し付《つ》けて、騒々《そうぞう》しく鼻を鳴らしている。やがて、扉を引《ひ》っ掻《か》いて、キュンキュン鳴きだした。

「あの犬はどうしたんだ?」おじいちゃんが言った時、家の玄関《げんかん》が開いて、オルカーダばあさんがすがたを現《あらわ》した。

「それ、もらうよ」ジョーをにらみつけて、ひったくるように買い物かごを取り上げた。「ジョー、あの犬を連れて家にお帰り」とげとげしく言う。「犬に家のまわりをうろつかれたくないって、言っただろう」そして、おじいちゃんを見て話しかけた。「さあアンリ、そんなところに突《つ》っ立《た》ってないで。中に入って、扉を閉《し》めておくれ」

ジョーは、ロウフを引きずって納屋から離《はな》すしかなかった。それから、ヒツジのようにロウフを追い立てて、丘《おか》を下らなくてはならなかった。あそこに残って、成り行きを見守れるなら、どんなことでもしただろう。ベンジャミンは、どこに隠《かく》れたのだろう? きっと納屋だ。子どもたちといっしょに。子どもたちを静かにさせておくために。そうだとしたら、ロウフの声は、さぞかしみんなを震《ふる》え上がらせたことだろう。どこに隠れたにせよ、うまく隠れていたようだ。

そして、家の中で行われたブタの取引交渉《こうしょう》もおじいちゃんが満足のいくように決まったようだ。家に帰ってきたおじいちゃんは、明らかに上機嫌《じょうきげん》だった。その夜おじいちゃんは母さんに、今、ブタは大きな需要《じゅよう》があると言った。ドイツ野郎《やろう》は、ブタ肉をたくさん食べる。それに、ヒツジの乳《ちち》からとれるホエーで、ブタを太らせることができるから、費用はかからない。ブタのエサを買う必要はほとんどないのだ。「でも、あの匂《にお》いがね」母さんが反対した。「ブタの匂いは、手を洗《あら》っても落ちないわ」

それでもおじいちゃんは、何とか母さんを説き伏《ふ》せた。いっしょに生活していれば、匂いにも慣《な》れると。クリスチナは大喜びだった。ブタには乗ったことがないからって。

翌日《よくじつ》ジョーが学校から家への帰り道、村を歩いていると、ユベールとおじいちゃんがブタを追い立ててやってくるのが見えた。と言うより、追い立てようと苦労していた。広場までは良かったが、そこからブタの群《む》れが駆《か》け足《あし》になった。てんでんばらばらに走り出したのだ。キーキー、ブーブー鳴き立て、家々の玄関に寄《よ》り、排水管《はいすいかん》をひとつひとつ調べながら。全部のブタを集めてジョーの家にもどすために、村人の半数と、数人の兵隊までが手を貸《か》したほどだった。そしてやっと何とか囲いに入れることができた。一頭だけ、頑固で身体の大きな、乳房《ちぶさ》を揺《ゆ》らしたメスブタだけは、いつまでも捕《つか》まらず、ジョーがはるばる教会まで追いかけて行き、ようやく仲間のところにもどした。

おじいちゃんがブタを買ったことは、すぐに村の大ニュースになった。日曜の教会帰りに、あちこちで嫌《いや》な噂《うわさ》がささやかれた。アンリ・ラランデがオルカーダばあさんのブタを買ったのは、農場経営《けいえい》上の理由でもなく、営利《えいり》目的でもないと。人々は舌《した》うちをし、首を振《ふ》り、またはニヤニヤ笑いをするのだった。ジョーの耳に入ったのは、マダム・スーレが街角で言っていた言葉だった。

「アンリ・ラランデはきっと頭がおかしくなったのよ。あの年でね。あの年で！」

学校ではローランが、ジョーと顔を合わす度にばかにした。そして、子どもたちの間でしばらくの間は、「ブーブー」があいさつ代わりになり、ひとしきりはやった。母さんはブタが来てから、ヒツジの乳《ちち》の出が悪くなったと言った。けれどおじいちゃんは、ただ微《ほほ》笑《え》んで、すぐに落ち着くだろうと言うだけだった。そして、確《たし》かにその通りになった。

雪の季節が終わるとともに、ヒツジたちが毎日村のまわりの放牧場に行き来するようになり、野原に響《ひび》くヒツジの鈴《すず》の音が雪割草《ゆきわりそう》の咲初《さきはじ》めとヒバリの鳴き初めの先触《さきぶ》れを果たした。春の訪《おとず》れを知るのに、わざわざ郊外《こうがい》に足を運ぶまでもない。ラサール神父が教会の正面の扉《とびら》を開け放すようになると、村じゅうにオルガンの音が響き渡《わた》る。それで、村人たちは、冬が終わったことを知るのだった。

オーダ先生は、暖《あたた》かい陽射《ひざ》しを楽しむために、生徒たちを春の遠足に連れ出すことにした。先生は例年季節ごとに遠足を計画してくれ、それを子どもたちは休日よりも楽しみにしていたのだ。遠足は宝《たから》さがしのようだった。みんなは斜面《しゃめん》を駆《か》けまわって、植物や昆虫《こんちゅう》、動物の足跡《あしあと》や、フンをさがす。見つけたものはすべて記録し、スケッチを描《か》く。植物でも、足跡やフンでも、オーダ先生が見て名前を教えられない物は、何ひとつなかった。

その日の遠足の最大の発見は、川岸の柔《やわ》らかい土の上にあったクマの足跡だった。最初に見つけたのはローランだった。ローランはたいてい何でも一番に見つける。「クマだ！」ローランが叫《さけ》び声をあげた。みんなは、どうせまた得意の冗談《じょうだん》だろうと思った。すると、なんとオーダ先生が認《みと》めたのだ。

「そのようだ」先生は続けた。「前足だな。この前足からすると小さいな。確《たし》かにクマだが、まだ子どもだろう。この爪《つめ》の跡を見てごらん」

「ジョー、どうしたのさ？」ローランがジョーの背中《せなか》をたたいた。「幽霊《ゆうれい》でも見たような顔してる」もっと足跡があるかと、みんなは川岸を歩いてさがしたが、見つからなかった。

「一本足のクマだな」ローランはそう言って、その午後の帰り道、ジョーの隣《となり》でぴょんぴょん跳《は》ねて歩いた。けれどジョーは、少しも面白がることができなかった。「元気だせよ、ジョー」ローランが言った。ジョーはなんとか微笑もうとしたが、うまくいかないのが自分でもわかった。

村へ帰る道すがら、生徒たちは歌を歌い、オーダ先生が頭の上で手を振《ふ》って指揮《しき》をとった。村へ入る最後の角を曲がった時、ドイツ兵のパトロール隊がやってくるのが見えた。「歌って、歌って」オーダ先生が言い、子どもたちは声を張《は》り上《あ》げて歌いながらパトロール隊と行き違《ちが》った。ジョーには、それがひどく誇《ほこ》らしかった。全員がそう感じた。ほんの小さな勝利だったが、小さな勝利でも何もないよりましだ。

村に入ってからも、まだ生徒たちの気持ちは高ぶっていた。たぶんそのせいで、ローランは、ショーウインドウにバゲットを並《なら》べているパン屋のマダム・スーレに向かって舌《した》を突《つ》き出したのだろう。マダム・スーレは店から飛び出してオーダ先生に追いつき、ローランを指さしてこってり苦情《くじょう》を言った。学校へもどると、ローランは先生の部屋に呼《よ》ばれた。部屋から出てきたローランは、かすかに微笑《ほほえ》むことしかできなかった。オーダ先生に叱《しか》られたに違いない。しかも先生の叱り方は、厳《きび》しい。

そのおかげで、ローランは復讐《ふくしゅう》を考えることになり、それには共犯者《きょうはんしゃ》が必要だった。「低い声が出せるやつが欲《ほ》しいんだ、ジョー」ローランが言った。「つまり、おまえのことさ」ジョーはローランにいやとはいえない。ずっと仲良しで、どちらも父さんがドイツ軍の捕虜《ほりょ》になっていることで、一層《いっそう》近くなった。だから、ジョーに選択肢《せんたくし》はなかった。

「うちに来てくれ。外出禁止《きんし》の直前に」ローランが言った。

「何をするの？」ジョーが聞いた。

「ちょっとしたお楽しみ。あのおしゃべりばあさんに、教えてやるんだ。あいつに教えてやる」ローランが言った。

どのおしゃべりばあさんのことだかは、すぐにわかったが、その夜ローランの家に行くまで、何を教えてやるのかはまるで知らなかった。

「おれの部屋の窓《まど》から見えるから、観察してた」ローランが言った。「あいつは毎晩《ばん》九時二十分から三十分の間にマダム・ローベの家から帰ってくる。広場を横断《おうだん》して、自分の家に入る。いつも時間が決まっているんだ。自分の役割《やくわり》は、わかっただろう？」ジョーは気が進まなかった。やりたくないからではなく、もちろんそれも少しあったが、うまくいくとは思えなかったからだ。だがローランは、ジョーの心配も反対も無視《むし》した。

ローランは懐中《かいちゅう》電灯が点《つ》くのを確《たし》かめ、二人で夜の闇《やみ》の中に忍《しの》び出た。決めた位置につくと、塀《へい》の後ろに隠《かく》れて待った。前もって練習したけれど、いざマダム・ローベの玄関《げんかん》ドアが開いて、マダム・スーレの甲高《かんだか》い声が聞こえると、頭の中が凍《こお》り付いたようになって、セリフを忘《わす》れてしまった。ドアが閉《し》まると、広場が再《ふたた》び闇に沈《しず》んだ。今だ。ローランは足音が塀の反対側に来るまで待って、立ち上がった。懐中電灯の光をマダム・スーレの目にまっすぐ向ける。ローランがジョーを蹴《け》って、うながした。ジョーは咳払《せきばら》いをした。

「ハルト（止まれ）」ジョーが、低音のドイツ語で告げた。次に、できるだけ乱暴《らんぼう》な調子で言った。「イーレ　パピア　ビッテ（証明書《しょうめいしょ》を見せろ）」ジョーはしゃがんだ塀《へい》の陰《かげ》からのぞいて見た。マダム・スーレは、光をさえぎろうと手をあげているが、恐怖《きょうふ》で口がきけない。証明書を差し出す手が震《ふる》えていた。ローランは、それを受け取るとざっと見て、すぐに返した。「ゼア　グート（とてもよろしい）」次に、練習した通りに、ジョーが言った。「グーテ　ナハト（おやすみなさい）」するとマダム・スーレはすすり泣きながら、暗《くら》闇《やみ》に逃《に》げ込《こ》んだ。ローランの懐中《かいちゅう》電灯が、パン屋の玄関《げんかん》までそのすがたを追った。マダム・スーレが家の中に入ると、ローランは塀の上に寄《よ》りかかり、口に手を当てて笑い声をこらえた。ジョーがその懐中電灯を取り上げて、スイッチを切った。

「あの顔、見たか？」ローランが言った。「見ただろう？　ジョー、よくやった。おまえは、素晴《すば》らしい」その時、背後《はいご》の暗闇から静かな声が響《ひび》いた。

「アウスゲツァイヒネット（素晴らしい）」ジョーの心臓《しんぞう》が喉元《のどもと》にこみあげた。「素晴らしい演技《えんぎ》だ」ふりかえると、懐中電灯の光が正面から二人の顔を照らす。「イーレ　パピア　ビッテ（証明書を見せろ）」声が言った。それは、ヴァイスマン中尉《ちゅうい》だった。

「持っていません」ローランが答えた。

「ウン　ドゥ？（それで、きみは？）」懐中電灯の光がジョーの顔に当たる。ジョーは首を横に振《ふ》った。光の後ろの人影《ひとかげ》と、空を背景にした頭の輪郭《りんかく》しか見えない。「後ろを向け」ヴァイスマン中尉が告げた。二人は言われた通りにした。「ハンデ　ホーフ（両手を上げろ）」そう言うと中尉は、最初にローラン、次にジョーのしりを蹴り上げた。実際《じっさい》には、冗談《じょうだん》で蹴るぐらいの強さでしかなかったが、それでも、その意味は充分《じゅうぶん》通じた。

「二度としないこと」ヴァイスマン中尉が言った。「わかったな？　外出禁止《きんし》まで一分半だ。シュネール！（早く！）」

二人は塀を乗り越《こ》えて、それぞれの家の方向へ駆《か》け出した。ジョーは、家に飛び込《こ》んで玄関を閉《し》めるまで一度も立ち止まらなかった。家の中に入ってもまだ、心臓がドキドキする音が耳にまで聞こえていた。

ジョーがオルカーダばあさんの農場へ買い物を届《とど》けに行く度に、ベンジャミンがジョールをかぶって外まで見送りに出るようになった。ベンジャミンは、庭を歩き回ってどれだけよくなったかをジョーに見せるのだった。その度に、よく歩けるようになっていた。初めは杖《つえ》をついていたのが、何週間かするうちに足も引きずらなくなった。ほんの何歩かだが、走ってみせることさえあった。

「もうすぐだ、ジョー」ベンジャミンが言った。「もう少したったら、子どもたちを連れて行ける」ジョーがたずねる度に、子どもの数は増《ふ》えていった。

「伝えたんだよ」オルカーダさんが言った。「何度も伝えたんだよ、これ以上ここへ送り込《こ》まないでくれって。今は十二人だもの」

ある時から、突然《とつぜん》ベンジャミンのすがたが見えなくなった。何週間も、何か月も、ベンジャミンに会わなくなった。オルカーダさんに聞いても、子どもたちと納屋《なや》にいると言ったり、聞こえないふりをしたりした。ジョーはそれ以上問い詰《つ》めることはしなかった。子どもたちがいるような気配もなかった。納屋の前を通る時、中をのぞいてみたくてたまらなかった。中に十二人の子どもがいるとは想像《そうぞう》するのが難《むずか》しかった。

最近はおじいちゃんも留守《るす》にすることが多くなった。朝早くから出かけて行く。「山小屋で仕事をする」そう言っていた。どうやら、嵐《あらし》の被害《ひがい》で、屋根に大穴《おおあな》があいているし、よろい戸を全部直さないといけないそうだ。毎朝、同じことを言って出て行った。「ヒツジの世話は、おまえがしてくれ。暗くなる前には帰るよ」

いつでもユベールがジョーを手伝って乳《ちち》しぼりをしてくれた。ユベールはだれよりもうまくヒツジを捕《つか》まえる。ユベールはヒツジのことがよくわかるようだった。ヒツジがどっちに行こうかと思う考えが読めるようだった。タイミングが完璧《かんぺき》で、長い腕《うで》をのばして、難《なん》なく後ろ足を捕まえる。

ある朝、おじいちゃんは相変わらず山の小屋に行っていた。ジョーとユベールがヒツジの乳しぼりを終え、台所にミルクを運び込《こ》んでいる時、玄関《げんかん》の扉《とびら》をたたく音がした。ジョーが開けると、ドイツ兵が一人立っていて、その後ろにもう一人が控《ひか》えていた。

「ヴァイスマン中尉《ちゅうい》の命令だ」そう言って、兵隊がジョーの肩越《かたご》しに家の中を見た。「すべての家を家宅捜索《かたくそうさく》する」

「何のためにですか?」母さんが戸口に出てきて聞いた。兵隊は言葉がわからないようで、答えなかった。

「エントシュルディゲングング（失礼します）」そう言って、兵隊は二人をすりぬけるように台所へ入り、二階へ上がって行った。二階を歩く兵隊の靴音《くつおと》が天井《てんじょう》から重く響《ひび》く。家具を動かす音が聞こえる。ユベールが警戒《けいかい》するような顔をした。母さんはユベールの腕《うで》に手を置いて、握《にぎ》った。

「大丈夫《だいじょうぶ》よ、ユベール」母さんが語りかける。「大丈夫。何にも隠《かく》してはいないから」兵隊が階段《かいだん》をおりてきて、台所から納屋《なや》へ行った。ジョーはそのあとをついて行った。ヒツジたちがおびえて、壁際《かべぎわ》に固まっている。

「ヒツジを外に出してやらないと」ジョーが言って、兵隊を追い越《こ》そうとすると、兵隊が首を横に振《ふ》った。通じていないようだ。ジョーは、さらに大きな声を出して、指さした。

「ヒツジ。外へ出す。エサ」兵隊が肩をすくめた。ジョーの頭には、ひとつのことしかなかった。なんとかしてオルカーダさんのところへ行って知らせなくては。すべての家と兵隊は言った。全部の家を家宅捜索《かたくそうさく》する気だ。

その朝のヒツジは、腹立《はらだ》たしいほど歩みが遅《おそ》く、ロウフは普段《ふだん》よりずっと眠《ねむ》そうだった。何度か完全に立ち止まって通りで団子《だんご》になってしまった。ユベールの大きな叫《さけ》び声だけが、なんとかヒツジを動かしたが、放牧場に着いて草を食べだすまで、かなり時間がかかった。ヒツジが落ち着くやいなや、ジョーはあとをユベールとロウフに任《まか》せて、オルカーダさんの農場に向かって駆《か》け出した。丘《おか》を半《なか》ば駆け上がったところで、ひと息ついて村の方を見た。馬に乗った兵隊が、ユベールが座《すわ》っている岩の方に向かっている。ヴァイスマン中尉《ちゅうい》に違《ちが》いない。馬に乗る兵隊は中尉だけだ。その後を二人の兵隊が歩いている。ジョーは、木の陰《かげ》に隠《かく》れた。農場まで、隠れながら行かないといけない。時間はかかるが、そうするより他ない。ジョーは、オルカーダさんの家の裏《うら》が真下に見えるまで、そして、下の道からすがたが見られていないと確信《かくしん》できるまで、立ち止まらなかった。ジョーは前庭を駆けぬけて、玄関扉《げんかんとびら》をあけ放った。椅子《いす》に腰《こし》かけたオルカーダさんが、ポカンと大きな口を開けた。目をしばたいている。扉の裏にだれかがいるようだ。ジョーが振《ふ》り向《む》くと、そこにいたのはおじいちゃんだった。頭の上に鉄のアイロンを振り上げて立っていた。

第六章

「ジョージャないか！　何やってるんだ！」おじいちゃんがアイロンを持った手をおろしながら言った。

ジョーは、しばらくの間息もできなかった。

「来る。兵隊たちが、もうすぐ来る。全部の家を家宅捜索するんだって」

「本当か？」おじいちゃんが窓辺《まどべ》に寄《よ》った。

「本当だよ」ジョーが答えた。

「なるほどね」オルカーダさんが言った。「アンリ、いつかはそうなるって言ってたじゃないの。そのいつかが来た。この日のために、備《そな》えてきたんでしょ？」

「大丈夫《だいじょうぶ》だろうね？」おじいちゃんが外套《がいとう》をはおりながらオルカーダさんに確《たし》かめた。

「もちろん大丈夫だから、さあ、急いで行ってちょうだい」

その時にはもう、おじいちゃんは裏口の戸を開けていた。

「それから、アンリ、あたしたちが行くまで、もどってきてはだめよ。もしもあたしたちが行かなかったら、最悪の事態《じたい》を考えて行動してちょうだい」

おじいちゃんが、部屋の中にもどってきた。

「さよならはなし」オルカーダさんは言って、おじいちゃんを追《お》い払《はら》った。「さあ、行って」おじいちゃんは出て行き、裏口《うらぐち》の戸が閉《し》まった。

「ジョー、ここへおいで」そう言って、オルカーダさんがジョーの手を取った。「兵隊は、どこまで来ているの？」

「まだ村の通りにいました。あと五分か十分かかるか、でももう谷に入って、ムージャンさんのあたりまで来ているかもしれない……」

「やつらは来る。遅《おそ》かれ早かれドイツ兵が来る」オルカーダさんが言った。「早く来てもいいように、備《そな》えておこう。今じゃ、ジョーがうちの買い物をしてくれるってこと、みんなが知っているね？」ジョーはうなずいた。「あんたがここに来ている理由は、それよ。ほら、買い物のお金」オルカーダさんは立ち上がって、暖炉《だんろ》の上から小銭を取った。「これを持って。それから、兵隊が入って来た時には、何かを食べててちょうだい。男の子は、いつだって何かしら食べてるものじゃない？　さあ、お皿とフォークを出して、自分でパンを切って。自然に振《ふ》る舞《ま》うことにしよう。あたしは編《あ》み物《もの》をして、あんたはパンを食べている」

「でも、子どもたちはどうします？」ジョーが聞いた。

「心配は、こっちに任《まか》せて。あんたは食べてればいいのさ」オルカーダさんは、そう言って編み物を取り上げると、せっせと編み始めた。「こんなセーターを十枚《まい》は編んだわ。色々なサイズでね」ジョーはもう、子どもたちのことを考えてはいなかった。「なんで、おじいちゃんがここにいたんです？」オルカーダさんはジョーの質問《しつもん》に答えなかった。

「おじいちゃんは、ベンジャミンのことも、アーニャのことも、子どもたちのことも知っているんですか？」

オルカーダさんが編み物から顔を上げて言った。「話すまいと思ってたんだよ。だのに、おおよそ言い当てられてしまったから、話さないわけにいかなくなった。あの人の目は節《ふし》穴《あな》じゃあないからね。あんたのおじいちゃんには、うそを言えない。昔からそうだった。おじいちゃんを、呼《よ》んでもらったのをおぼえてるだろう？　そう、あの時に、どうしてお金が必要なのか、しつこく聞かれた。本当のことを言わないなら、援助《えんじょ》はしないと言うのさ。だから、言わなければならなかった」

「ぼくのことも？」ジョーが聞いた。

「何もかも」オルカーダさんが言った。「ああ、あんたが話しかけるから、また編み目を飛ばしたじゃないか」そうして編み目を拾っている時、家の外で馬が鼻を鳴らす音と、小石の上を歩くひづめの音が聞こえた。

「ジョー、食べな」オルカーダさんがささやき、ジョーはパンの耳を口にほおばって噛《か》んだ。そうすることが、なぜか胃の奥《おく》にわきあがる恐怖《きょうふ》をしずめる助けになったようだ。家の外で、人声がする。命令が響《ひび》き、続いて扉《とびら》がノックされた。オルカーダさんは編《あ》み物《もの》をひざに落とすと、ひと呼吸《こきゅう》して気持ちを落ち着けた。

「お入り」オルカーダさんが言い、扉が開いた。

ヴァイスマン中尉《ちゅうい》が軍靴《ぐんか》のかかとをカチッと合わせてあいさつをした。家の中だと、とんでもなく背《せ》が高く見える。頭が天井《てんじょう》の梁《はり》に届《とど》きそうだ。「失礼します、奥さん」部屋を見回しながら中尉が言った。「申《もう》し訳《わけ》ありませんが、家宅捜索《かたくそうさく》を実施《じっし》しております」

「あら、そうですか？」オルカーダさんは冷たく答えた。「何をさがすのか、教えてくださるかしら？」

中尉は微笑《ほほえ》んで答えた。「奥さん、それがわれわれにもわからないのですよ、見つからないことにはね」そう言って、兵隊に階段《かいだん》を示《しめ》して二階をさがすように指示《しじ》した。それから、ジョーに視線《しせん》を向けた。「きみは、ここで何をしているんだね？」聞かれたジョーは、口もきけず、ただ黙《だま》っていた。

「この子はあたしの代わりに買い物に行ってくれるんですよ、ね、ジョー」

「ああ、そうでしたね」ヴァイスマン中尉は言って注意深くジョーを見たあと、オルカーダさんに向き直った。「ここには、一人でお住まいですか？」

「そうですよ」オルカーダさんが答えた。「亭主《ていしゅ》は先の大戦で戦死したのでね。一人っきりです」

「それはお気の毒に」中尉が言った。

「お気の毒？　聞きますがね、中尉さん、何がお気の毒なんですか？　亭主に先立たれたから？　一人暮《ぐ》らしだから？　それとも、この家を家宅捜索するから？　人を犯罪者《はんざいしゃ》扱《あつか》いして家宅捜索をするから？　さあ、何が気の毒？」

「エントシュルディグング　マダム（申《もう》し訳《わけ》ありません、奥さん）」中尉が硬《かた》い表情《ひょうじょう》で言った。そして、二階の兵隊に声をかけた。「エトヴァス？（何かあったか？）」

「ナイン　ヒア　オーバー　ライトナント（ありません、中尉）」重い足音が階段に響《ひび》き、兵隊が台所にもどって来た。

「納屋《なや》は何に使っていますか、奥さん」中尉が聞いた。

「家畜《かちく》よ」オルカーダさんは鼻にしわを寄《よ》せて答えた。「農家では普通《ふつう》、納屋で家畜を飼《か》うわ。納屋はそのためにあるのだから。売る前は、冬の間は納屋でブタを飼っていました」

「今は？」

「何も。ウシのための干《ほ》し草《くさ》が少しあるだけ」

「それでしたら、見せていただいても構《かま》いませんね？」ヴァイスマン中尉《ちゅうい》が言った。

「中尉さん、お遊びはやめましょう。こちらが構おうが、構うまいが、あなたたちは捜索《そうさく》するのでしょう」

「おっしゃる通りです、奥《おく》さん。ただ私《わたし》は……」

オルカーダさんが中尉の言葉をさえぎった。「わかっています、中尉さん。おやりなさい。しなければならないことが済《す》んだら、あたしたちを放っておいて」

「アウフヴィーダーゼン　マダム（さようなら、奥さん）」そう言うと、中尉と兵隊は出て行き、玄関《げんかん》の扉《とびら》を閉《し》めた。

ジョーは窓辺《まどべ》に走って外を見た。一人の兵隊が納屋《なや》の扉を押《お》したあと、足で蹴《け》って開けた。「入っていくよ。見つかってしまう」ジョーが言った。

「いいえ、見つからないわ、ジョー」オルカーダさんが言った。「何も見つからない。だって、あそこには干し草と、シダの葉と、ブタのフンしかないもの」

「じゃあ、子どもたちはどこ？」ジョーが聞いた。

「窓から離《はな》れて、こっちへおいで」オルカーダさんが微笑《ほほえ》んで言った。「それから、忘《わす》れないうちに、あたしのお金をもどしてね」そして、前を通る時に、ジョーの手を取った。「ジョー、あんたは勇気のある子だ。おかしなもので、あんたも年をとるとわかるだろうけど、あたしぐらい老いぼれて、あとはお墓《はか》に入るしかないとなれば、なんだろうとそれほど怖《こわ》くなくなるものさ」納屋の扉が閉まり、馬が歩み去る音が聞こえた。「念のために、一時間かそこいら待とう。そうして、あの人たちのところへ行こう」オルカーダさんが言った。

「どこにいるんです？」ジョーが再《ふたた》び聞いた。

「じきにわかるさ」オルカーダさんが言った。

木々の間をぬける、長い、黙《だま》ったままの上りだった。先を行くオルカーダさんは、息を整えるために何度も立ち止まった。「ひと言も口をきいてはならない」オルカーダさんに、そう言い渡《わた》された。歩く間じゅうジョーは、考えていた。子どもたちがいるのはどこだろう？　二人は山の上の高原に向かっている。そこにはヒツジ飼《か》いの小屋がいくつかあって、確《たし》かに子どもたちが暮《く》らすだけの広さがある小屋もある。ジョーには、ヒツジ飼いの小屋以外思いつかなかった。木々の上に山頂《さんちょう》が見えるあたりまで登ると、木がまばらになって、頭上に太陽の光がさすようになった。ジョーの上の岩には、とがった形の木がしがみつくように生えている。オルカーダさんが立ち止まって、杖《つえ》に寄《よ》りかかった。そしてまわりを見回し、唇《くちびる》に指をあてて、物音に耳をすました。やがて、身体をかがめて下ばえをどけた。すると、シダや野バラの茂《しげ》みの奥から、粗布《あらぬの》のカーテンが現《あらわ》れた。オルカーダさんはそれを持ち上げて、ついてくるようにとジョーを手招《てまね》きした。かがんでくぐると、中は真っ暗だ。オルカーダさんがジョーの手を取って、トンネルのようなところを進む。ジョーは、何も見えない中を手さぐりで歩いた。行く手にぼんやりと明かりがひとつ見えはじめ、やがて明かりが増《ふ》えたと思うと、急にさらに明るくなって、目の前で次のカーテンが開いた。中におじいちゃんがいて、ジョーに手をさしのべている。その隣《となり》にベンジャミン。そのベンジャミンの腕《うで》につかまっている女の子がいて、すぐにリアだとわかった。リアは最初はジョーがわからなかったようだが、すぐに目を輝《かがや》かせた。「ジョー」そう言って、ジョーが自分のものであるかのように手をつかむと、洞穴《ほらあな》の奥《おく》に案内した。

洞穴は天井《てんじょう》が低く、細長い形で、壁《かべ》のチカチカするランプでところどころが照らされている。ひと目見たところでは、子どもとその影《かげ》を見分けるのも難《むずか》しかった。ランプの油が燃《も》える匂《にお》いと、チーズと、牧草の干《ほ》し草《くさ》の匂いがした。足元には、シダが敷《し》き詰《つ》められ、奥の暗いところに大きな干し草のベッドがあった。そこでは子どもたちがかたまって、眠《ねむ》っているようだ。

曲がりくねったシダの道を、木の汽車が向かってきた。男の子が二人、ひざ歩きで汽車を押《お》している。一人がシュッシュ、もう一人がポッポーと声をかけて走る。そのうちに貨車がはずれてしまい、たちまち喧嘩《けんか》が始まり、ベンジャミンが二人のそばにかがみこんで仲裁《ちゅうさい》をした。機関車と貨車がつながるやいなや、男の子たちは仲直りをして、また遊びだした。その時になって、ようやくジョーは気づいた。あれは、ジョーの汽車だ。小さい頃《ころ》遊んでいて、壊《こわ》れたおもちゃの汽車。もう何年も見たことがなかった。おじいちゃんをふりかえって見ると、おじいちゃんは微笑《ほほえ》んで肩《かた》をすくめて見せた。「あげても、おまえは気にしないだろうと思ってね」おじいちゃんが言った。

女の子が三人、一冊《さつ》の本の上に覆《おお》いかぶさるようにしている。真ん中の女の子が、わきの二人に読んであげている。そのうちの一人が、先がどうなるのか知りたくて、ページをめくろうとした。声を出して読んでいた子が、その手を振《ふ》り払《はら》ったあと、眼鏡《めがね》をはずして息を吹《ふ》きかけようとした。その時、ふと見上げた女の子の視線《しせん》がジョーのすがたをとらえた。とたんに女の子の身体が凍《こお》り付いた。突然《とつぜん》、まわりじゅうの子どもたちが、ジョーの存在《そんざい》に気が付いた。「ジョーよ」リアが言った。「ジョー」リアがみんなにジョーを紹介《しょうかい》する。干し草のベッドで眠っている子どもたちも、ひじでつついて起こされた。ジョーは、子どもたち一人一人の視線が突《つ》き刺《さ》さるのを感じた。好奇心《こうきしん》よりも反感に近いだろうか。

疑《うたが》うような視線も感じて、ジョーはいたたまれなかった。

「ジョー、どうだいここは?」ベンジャミンが言った。「ここに来て、三か月になる。おれも子どもたちも、快適《かいてき》に暮《く》らしてるよ。洞穴の奥には、水も引いてあるんだ。きみのおじいちゃんのアイデアでね。おじいちゃんには、みんな大感謝《だいかんしゃ》だよ」

「以前、何度もここに来たことがあったんだ」おじいちゃんが話し出した。「亡《な》くなった親父、おまえのひいじいさんとな。親父は、国境《こっきょう》を越《こ》える運び屋を少しばかりしていたのさ。主にブランデーだ。あの時代は、みんな多かれ少なかれやっていたものだ。それで、ここに色々な物を保管《ほかん》していた。実際《じっさい》のところ、あの納屋《なや》いっぱいの子どもたちを見せられるまで、この場所のことは、ほとんど忘《わす》れていた。もしも冬の間に、兵隊たちが来るとしたら……どうなるかは、考えたくもない」

「それなら考えないことよ、アンリ」オルカーダさんが、木のベンチにそろそろと腰《こし》をおろしながら言った。「まだ起きてもいないことを、あれこれ考えたって、仕方がない」

「そうかも知れないし、そうでないかも知れない」おじいちゃんが、短く言った。「言っておくがアリス、今日の家宅捜索《かたくそうさく》は警告《けいこく》だ。前に言ったように、この子どもたちに国境を越えさせなければならない。すぐにも。私《わたし》が連れて行こう。ここらの山のことなら、掌《たなごころ》を指すように知りつくしている」

「こっちも前に言ったけれど」オルカーダさんが割《わ》って入った。「あんたは待つってことができない。昔からそうだよ。時期を待つ必要がある。この子たちを必要以上一分でも長くここに置きたいと思うかい？　どうなの？　ベンジャミンのかかとは、もう少ししたらよくなるだろう。雪ももう少ししたら降《ふ》らなくなるだろう。けれど、アンリ・ランデ、一体どうしたらあのドイツの警備兵《けいびへい》に見つからずに十二人もの子どもたちを連れて行けるというんだい？　見ただろう、警備兵はそこいらじゅうにいる。それに、いずれにしても、まだ身体が弱っていて国境越えができそうもない子どもが二、三人いるっていうのに」おじいちゃんが反論《はんろん》しようとした。「いいえ、アンリ。ここにいるほうが安全だわ。自分でも、あんた以外だれもこの洞穴《ほらあな》を知らないと言ったじゃないか。話し合ったように、時期を待つのがいい」

「つい昨日も、山へ登ってみたんだ」ベンジャミンが口を開いた。「なんとか切りぬけられないかと思ってね。一週間に二、三回は、警備兵の巡回路《じゅんかいろ》と、時間、一日何回周ってくるかを調べに山の上へ行っている。アンリがどれだけ山を知っているかはわからないが、どう考えても無理ですよ。一人なら、運が良ければ国境を越えられるかも知れない。けれど、子どもたちを連れては無理です。待ちましょう。われわれにできることは、それだけです。待って、祈《いの》ることです」

ジョーの上着をだれかが引いた。見ると、小さな男の子がジョーの腕《うで》をつかんで、どこかへ連れて行こうとしている。

「その子はマイケル」ベンジャミンが後ろから呼《よ》びかけた。「チェスをしたいんだ。きっときみには勝ち目がないだろう」

ジョーは、背《せ》の高さから見て、自分の半分ぐらいの年齢《ねんれい》だろうと考えた。マイケルはシダを敷《し》いた床《ゆか》にひざまずき、チェス盤《ばん》がわりの平らな岩の上に駒《こま》を置いた。岩には白いチョークで線が引いてある。握《にぎ》った両こぶしを突《つ》き出すので、ジョーもひざをついてマイケルの右手に触《ふ》れた。黒だ。ジョーは嬉《うれ》しかった。黒の駒なら負けたことがない。ジョーはチェスが強かった。強過《す》ぎて、ローランはもう相手をしてくれない。おじいちゃんも、そうだ。ただオーダ先生だけには、勝てない。

気が付くとジョーたちは取り囲まれていた。残りの子どもたちがみんな集まってきたのだ。チェスを戦っている間じゅう、マイケルは一度も視線《しせん》をあげなかった。駒を動かす以外は、じっと盤を見つめ、腕《うで》を組んで座《すわ》っていた。自分の番が来ると、少しのためらいもなく、考え込《こ》むこともなく駒を進めた。十二手動かしたあたりから、ジョーはただこの一戦が早く終わらないかとばかり考えていた。ジョーが駒を取られるたびに、見ている子どもたちから嬉《うれ》しそうなため息が出た。数分たった頃《ころ》には、ジョーはチェックメイトになっていた。その時はじめてマイケルは盤から顔をあげて、微笑《ほほえ》みを見せた。マイケルが微笑むと、両耳がピクピク動き、それを見るとジョーも笑い返さずにはいられなかった。

「おじいちゃんより強いね」マイケルが言った。「おじいちゃんは十手で負かせる」

その日、おじいちゃんと木々をぬけて山を下りる道で、その言葉がジョーのなぐさめになった。おじいちゃんは、ブツブツ文句を言い続けだった。「いつだって言い張《いは》るんだ。あの人はな。困《こま》ったことに、いつでもあっちの言うことのほうが正しい。だから、さらに困る。あの人の言い分は、確《たし》かに正しい。そこいらじゅう、パトロール兵でいっぱいだ。川沿《ぞ》いも、森の中も。山頂《さんちょう》まで登ることができれば、夜の暗闇《くらやみ》に紛《まぎ》れて滑《すべ》り込めるかもしれない。だが、山頂までの間では、絶対《ぜったい》無理だ。まして、子どもを連れてなど行けやしない。何か方法があるはずだ。何か方法が」

「おじいちゃん、どうして言ってくれなかったの？」ジョーが聞いた。

「何を？」

「ずっと前からいつもあそこに行っていたんでしょ？　どうして、ぼくに言ってくれなかったの？」

おじいちゃんは足を止めて、ジョーに向き直った。

「あの人が言うなと言ったからさ、ジョー。その通りだった。知らないほうが安全だ。それを言うなら、おまえにも同じことを聞きたいよ。おまえも、おじいちゃんにひと言も言わなかっただろう？」

「理由は同じ」ジョーが言った。

「それごらん」おじいちゃんが、微笑《ほほえ》んだ。「おまえのしたことは、立派《りっぱ》なことだ、ジョー。母さんだって、誇《ほこ》りに思うだろう。だが、家では言ってはいけないよ、ジョー。目くばせもするな。ひと言も口にだしてはならない。扉《とびら》を閉《し》めきった部屋の中だろうと、まわりじゅうで何百というヒツジの鳴き声がしていようとだ。母さんには知らせたくない。知ったらどんなに心配するか、わかるだろう？」

二人はしばらく黙《だま》って歩いた。「あの小さい男の子、マイケルが、おじいちゃんを十手で負かせるって」ジョーが言った。

「そうだな。だが、あの子は小さいとは言えないんだ。ベンジャミンの話では、あの子はもうすぐ十五歳《さい》だそうだ。おまえと同じぐらいだな。あの子には、何も問題がない。成長期を飢餓状態《きがじょうたい》で過《す》ごした結果だ」

ドイツ兵は、その日の家宅捜索《かたくそうさく》で、使えないライフル二丁以外、何も見つけることができなかった。それからの数週間というもの、村人とドイツ兵の間には冷たい憎《にく》しみに満ちた空気が漂《ただよ》った。ユベールはドイツ兵に舌《した》を鳴らしてみせ、ローランは舌を突《つ》き出した。

どちらも、もちろん、ドイツ兵がこちらを見ていない時に限《かぎ》ったが。あのアルマン・ジョレさえ、ドイツ兵が来ても、店のドアを開けて迎《むか》え入れなくなったほどだった。それでも日にちがたつごとに傷《きず》は癒《い》え、村人たちも再《ふたた》びドイツ兵と言葉を交わすようになっていった。ただし以前より警戒心《けいかいしん》は大きくなり、考え方も変わっていた。一見無害のように見えたとしても、ドイツ兵は敵《てき》であり、ひとたび命令を受ければ、敵として振《ふ》る舞《ま》うと。

ジョーは、ドイツ兵を避《さ》けるようになった。あの伍長《ごちょう》のことさえ避けた。ドイツ兵を見るたびに、獲物《えもの》を追う狩人《かりゅうど》のようだという思いを頭から消すことができなかった。ドイツ兵は、ベンジャミンやリア、マイケルや他の子どもたちを追う狩人だ。だから、ドイツ兵のすがたが目に入るだけで、ジョーは落ち着かない気持ちになる。ジョーは、ドイツ兵たちから距離《きょり》を置くことにした。お菓子《かし》ももらわず、礼儀《れいぎ》正しくすることをやめた。

ジョーは、自分の家でも落ち着かなかった。胸《むね》に秘密《ひみつ》を持って暮《く》らす日々が長くなり、母さんに秘密をもらさないことに、特に負い目を感じることもなくなっていた。ところが、今度は秘密というより、おじいちゃんとの共謀《きょうぼう》のようになってきた。自分がスパイか何かになったような気がする。母さんにうそをつかなければならないのが嫌《いや》でならない。常《つね》にだまされ続けている母さんを見るのは辛《つら》く、時がたつにつれて、母さんと視線《しせん》を合わせることができなくなった。言葉を交わすことさえも、難《むずか》しくなった。そこで、一日の大半を家の外で、ロウフとユベールといっしょにヒツジの番をして過《す》ごすようになった。

ある朝、ユベールといっしょにいつもの岩に座《すわ》っていると、伍長が道を上がってくるのが見えた。ライフルを持たず、首から双眼鏡《そうがんきょう》を下げている。伍長は足を止め、どんな人も差別しないロウフの背《せ》をなでた。ロウフは、ドイツ人だろうとだれだろうと、自分を可愛がってくれる人が大好きなのだ。

「今日は金曜日」伍長《ごちょう》が言った。「金曜日は、何時間か休みをもらえるんだ。僕《ぼく》は、約束を守る男だからね」

「約束って?」ジョーが言った。

「ワシだよ。双眼鏡《そうがんきょう》で見るって。忘《わす》れたのかい?」ユベールが双眼鏡をじっと見ている。

「ユベール、見たい?」伍長が言った。「見せてあげよう」そして、双眼鏡を取って、ユベールの首にかけた。ユベールは双眼鏡を目に当てて、谷を見渡《みわた》した。伍長がその肩《かた》をたたいて、上を指さした。ヒバリがやかましく飛んでいる。少ししてユベールが双眼鏡をヒバリに向けると、伍長がピントを合わせてやった。ユベールは興奮《こうふん》して叫《さけ》び声《ごえ》をあげた。

伍長は笑って、その背中をそっとたたいた。

「さあジョー、いっしょに行きたいかい?」伍長が聞いた。

「ユベールといっしょにどうぞ」そう言ってジョーはそっぽを向いた。

「きみが言うなら、そうしよう」伍長が静かに言って、ユベールに向き直った。「ユベール、いっしょに行くかい？　ワシをさがしに行くよ」そして、山の方を指した。

ユベールが両手を広げて言った。「ワシ。ずっと上」ユベールは手をのばすと双眼鏡を目に当てて、山の上をながめた。「ワシ」そう言って、両手を羽ばたかせた。「ジョーも行く？」ユベールはジョーを見、それからヒツジを見た。

「行けよ」ジョーが告げた。「ヒツジはぼくが見ているから」ロウフがいっしょに行こうと立ち上がったが、ジョーが引きもどした。ジョーにも仲間が必要だ。

午前中いっぱい、ジョーはそこに座《すわ》って、考え事をしていた。あれから、おじいちゃんとオルカーダさんといっしょに洞穴《ほらあな》へ何回か行って、ランプの油や、食べ物を運んだ。その度に、ジョーはベンジャミンの見せかけの相変わらずの気楽さが理解《りかい》できなくなった。考えれば考えるほど、わからない。何日たっても、何か月たっても、アーニャが来る気配はない。オルカーダさんと同じように、ジョーにもとても信じられなくなってきたのだが、万が一アーニャがまだ生きているとしたら、一体どこにいるのだろう？　なぜまだ来ないのだろう？　でも、その疑問《ぎもん》をベンジャミンにぶつけることはなかった。たまにベンジャミンが無防備《むぼうび》でいる時に、ジョーはベンジャミンの不安を感じたことがあったからだ。ジョーの問いかけに耐《た》えられないだろう。それに、ベンジャミンが繰《く》り返《かえ》す請《う》け合《あ》いに従《したが》っているほうが、簡単《かんたん》だし、心地よかったから。

「アーニャはどこかに隠《かく》れているだろうよ」ベンジャミンはそう言っていた。「納屋《なや》かもしれない。ここと同じような洞穴かもしれない。あの子は来るさ。神意に適《かな》えば、あの子は来る。神さまは民を気にかけてくださるからな、ジョー。いつだって」そうしてほしいものだと、ジョーは心から願った。

戦争のニュースは、少しましだった。ドイツ軍はロシアからも、アフリカからも追い立てられた。だが、捕虜《ほりょ》の解放《かいほう》はまだ遠い夢《ゆめ》でしかなく、永遠《えいえん》に叶《かな》わないのではないかという怖《おそ》れから、あえてだれも口にしない夢だった。ジョーが見たところ、洞穴《ほらあな》の子どもたちにも、ベンジャミンにも、希望がないようだ。国境警備《こっきょうけいび》のパトロールは、以前より頻繁《ひんぱん》になり、警戒《けいかい》が厳《きび》しくなった。しかも、子どもたちのうちの何人かがいつも病気で、ベンジャミンはだれ一人置いていくことを聞き入れなかった。「みんなで行くか、だれも行かないか。時を待って、祈《いの》るだけだ。チャンスは来る」

ジョーは、洞穴の子どもたちと仲良くなりたかった。もう、全員がジョーのことを知っていたが、それでもまだよそよそしくて、暗い目の奥《おく》に、自分を隠《かく》すのだった。マイケルだけは別で、行くたびにチェスで負かされた。最近マイケルは病気の子どもの仲間入りをしていた。足に腫《は》れものができて、その傷《きず》から高熱がでていたが、それでも常に二十手以内でジョーを負かした。チェスが始まると、いつも夢中《むちゅう》になった子どもたちにまわりを囲まれ、シーンとした静けさのなかでの対戦となった。ジョーは、いつか運を持って来てくれることを願って、いつも黒を選んだが、うまくいかなかった。オルカーダさんは、チェスが終わるとジョーをいつまでも洞穴にいさせてくれなかったから、おしゃべりをする時間はあまりなかったが、時間があるときには、マイケルはジョーを質問責《しつもんぜ》めにした。家族のこと、農場の動物のこと、学校のこと。反対に自分自身のことは、四か国語を話せること以外は、ほとんど話さなかった。話せるのは、ポーランド語、フランス語、ドイツ語、そして英語を少し。「十か国語を話せるようになりたいな」マイケルは、そう言ったが、家族のことは一度も話題にしなかった。あの子たちは、どこから来たのかと、ジョーがオルカーダさんにたずねたことがあった。けれど、教えてくれなかった。「考えないほうがいいことも、あるってことよ」そう言ったきり、あとは何も言おうとしない。その点では、おじいちゃんも少しも助けにならなかった。二人とも、本当に知らないのか、または話したくないのか、ジョーにはわからなかった。けれど、そのことを考えれば考えるほど、本当は知っているのに、ジョーには教えたくないのではないかと思えてきた。なぜかは、わからない。頭上の太陽は暑く、ジョーは横になりたくなってきた。でも、前に一度失敗しているから、またやるわけにはいかない。寝《ね》ないで、ロウフに話しかけることにした。

何時間かして、新鮮《しんせん》な牧草を求めて、ヒツジを追って谷を下ろうとしていると、伍長《ごちょう》とユベールが草原を近づいてくるのが見えた。ユベールは飛び跳《は》ねながら、駆《か》けだして、ヒツジの群《むれ》をかき分けて大声で何か言っている。ユベールがやってくると、ヒツジたちは首につけた鈴《すず》を鳴らしながらバラバラになって散らばって行く。その大げさな身振《みぶ》りと、興奮《こうふん》した叫《さけ》び声《ごえ》から、ジョーが何か特別な素晴《すば》らしいものを見逃《みのが》したことがわかった。伍《ご》長《ちょう》が、それを裏付《うらづ》けた。

「大きいやつだったよ」伍長が言った。「あれほど大きなワシは、見たことがない。ユベール、きみが見つけたんだよな?」ユベールは双眼鏡《そうがんきょう》を目に当てて、山の方を指さした。

「はじめは信じなかったんだよ」伍長が続けた。「ぼくには見えなかったからね。空を飛んでいたんじゃなく、地面にいたんだ。多分、何かを捕《つか》まえたところだな。ウサギかもしれない。そのあと空中に飛び立ったから、追いかけたんだ」伍長は笑って言った。「ユベールは双眼鏡を目から離《はな》さないから、何度もつまずいたが、何とか見失わずに追いかけることができた。どんどん高く、高く登って行くと、岩棚《いわだな》に舞《ま》いおりた。そこに、小枝《こえだ》が見えたんだ。ジョー、あれは、巣に違《ちが》いないよ」

「ヒナは、見えましたか?」ジョーが聞いた。

伍長は首を横に振《ふ》った。「また、今度行ってみよう。次の金曜は、どう?」

「大丈夫《だいじょうぶ》かな」ジョーは、肩《かた》をすくめながら答えた。嬉《うれ》しさを必死に隠《かく》そうとして。

「よろしい」伍長が言った。「楽しみにしているよ」

伍長が去ってからもまだ、ユベールはワシのように飛ぶのをやめなかった。その日の夕方、ヒツジを村にもどす道でも、まだワシが飛ぶまねをしていた。両腕《うで》を翼《つばさ》のようにはためかせ、両手を爪《つめ》のように内側に曲げ、叫び声をあげて。ジョーは、ユベールのあまりの喜びかたに、もう少しで腹《はら》を立てるところだった。ワシの巣だろうと、何だろうと、来週の金曜日に伍長といっしょに出掛《でか》けることはやめよう。絶対《ぜったい》にしない。

日曜のミサのあと、ジョーは、教会の扉《とびら》の外で、ラサール神父がおじいちゃんと、ヴァイスマン中尉《ちゅうい》と何かを真剣《しんけん》に話しているのを見た。昼ごはんの時、おじいちゃんはいつになく黙《だま》りこくっていた。母さんも、それに気づいた。

「何か、あったんですか?」母さんが聞いた。

おじいちゃんは自分の皿を押《お》しやって、タバコに火を点《つ》けた。

「あのドイツの伍長だ。大男の」おじいちゃんが言った。「知っているだろう? そうだな、あの男はやつらの中で一番ましかもしれん」

「その人が、どうしたんです?」母さんが聞いた。

「あの男には、娘《むすめ》が三人あったんだが」おじいちゃんが続けた。「今や、二人になっちまった。先週、娘の一人が、ベルリンの空襲《くうしゅう》で亡《な》くなったそうだ」

「ああ可哀《かわい》そうに。可哀そうに」母さんが言った。

おじいちゃんが腹を立てて、立ち上がった。「可哀そうなことがあるか！　あの男が故《こ》郷《きょう》の家にいて、家族を守っていればよかったんだ。そうするべきだった。だれもかれもそうするべきだった。そうすれば、三人の娘《むすめ》は無事だったろうに。違《ちが》うか？　そうすれば、うちの息子《むすこ》、おまえの夫も、どこかの収容所《しゅうようじょ》に入れられずに済《す》んだし、あの子どもたちだって……」おじいちゃんは、急に言葉をとめて咳込《せきこ》んだ。

母さんが鋭《するど》い目でおじいちゃんを見た。「子どもたちって、だれのことです？」

おじいちゃんは、母さんの質問《しつもん》が聞こえないふりをした。母さんがもう一度聞き直そうとしたときには、部屋を出るところだった。

「山の小屋に行ってくる」そう言って、おじいちゃんは出かけて行った。

「なんでおじいちゃんは、怒《おこ》ってるの？」クリスチナが聞いた。

「さあねぇ。わからないわ」母さんは、おじいちゃんの背中《せなか》に向かって眉《まゆ》をひそめた。

次の金曜日、谷にまだ霧《きり》が流れている頃《ころ》、約束した通り、伍長《ごちょう》がやってきた。ジョーは伍長が来なければいいのにと、半《なか》ば思っていた。こうなっては、伍長の誘《さそ》いを断《ことわ》ることはできないだろう。すがたを現《あらわ》した伍長は、別人のようだった。伍長からは、陽気さも、温かみも、すっかり消え去り、うつろな、真っ赤な目をしている。「ジョー、行くだろ」そう言って、ジョーに双眼鏡《そうがんきょう》を渡《わた》した。ユベールもいっしょに行きたがったが、ユベールは代わりばんこには慣《な》れているし、伍長が差し出したチョコレート半分は、留守番《るすばん》の代償《だいしょう》に充分《じゅうぶん》だった。ヒツジをユベールに任《まか》せて、二人は出発した。ジョーがふりかえって見た時には、ユベールはロウフを座《すわ》らせて、チョコレートをおねだりさせていた。

ジョーと伍長は、無言で歩いた。「霧だから、あんまり見えないでしょう」ジョーが口を開いた。「高く登ると、見通しがよくなりますよ」

次の言葉を言う勇気を奮《ふる》い起こすには、何分かかかったが、言わねばならないとジョーは思っていた。「娘さんのこと、残念です。ぼくらみんな、残念に思っています」ジョーは言った。

「ありがとう、ジョー」伍長が答えた。「ありがとう」伍長は一旦《いったん》話し出すと、言葉が止まらなくなった。「戦争をするなら、兵隊同士で戦うべきだ。昔は、兵隊同士だけが戦うものだった。それなら理解《りかい》できる。好きではないが、理解はできる。ベルダンの戦いでは、ある色の軍服を着た兵隊が、別の色の軍服を着た別の兵隊と戦った。戦争に、女や子どもが、どう関係あるっていうんだ？　教えてほしい。娘の死を聞かされて以来毎日、いくつもの質問を自分にして、それに何とか答えようとしている。簡単《かんたん》なことではないよ。

自分に問いかける：ここで何をしているんだ、ヴィルヘルム？
答え：国境《こっきょう》を守っています。
問い：なぜ？
答え：人々の逃亡《とうぼう》を防《ふせ》ぐため。
問い：人々はなぜ逃亡しようとするのだ？
答え：命の危険《きけん》にさらされているから。
問い：人々とは、だれ？
答え：ドイツに連行され強制《きょうせい》労働させられるのが嫌《いや》なフランス人。もしかしたら、逃亡した戦争捕虜《ほりょ》もいるかもしれない。あとはユダヤ人。
問い：ユダヤ人の命を脅《おびや》かすのは、だれ？
答え：われわれドイツ人。
問い：なぜ？
答え：無回答。
問い：捕《つか》まったら、どうなる？
答え：強制収容所《しゅうようじょ》。
問い：そのあとは？

答え：無回答。

答えがないからだよ、ジョー。答えを知ることを怖《おそ》れているからだ」伍長《ごちょう》はほおの涙《なみだ》を手の甲《こう》でぬぐうと、ちょっと笑って続けた。「そんなにたくさん質問《しつもん》をすると、どうなるかわかるかい、ジョー？　小さい頃《ころ》、質問責《ぜ》めにして、しょっちゅう母親を困《こま》らせた。なんで？　どうして？　としつこく聞いたら、母親が苦し紛《まぎ》れに言ったよ。『こっちが知りたいぐらいだわ、ビリー』」それを聞いて、ジョーも思わず微笑《ほほえ》んだ。

「さあ」伍長が言った。「二人とも笑ったね。笑いが必要なんだ。笑うのはいいことだ。さあ、ワシをさがそう」

木立《こだち》の切れるところまで登って行くと、下のような霧《きり》もなく、ふかふかした草の生えた平地に出た。灰青色《かいせいしょく》のアザミが咲《さ》き、岩が散らばっていて、銀色の小川がその間を流れている。

「ここにいたんだ」伍長が言った。「この前見た時には、ここにいた」伍長が上を指し示《しめ》した。「ほら、見えるかい？　あそこだ。山を半分ほど登ったあたり。なんて言うんだっけ？　岩棚《いわだな》でいいのかな？　あの上にいた。確《たし》かだ」ジョーは双眼鏡《そうがんきょう》を岩壁《がんぺき》に向けた。

「もっと上。もう少し上だ、ジョー。見えた？」見えた。岩棚がある。その奥《おく》に、暗いくぼみがあり、端《はし》に小枝《こえだ》の巣があるが、ワシはいない。

「いませんね」ジョーが言った。「ヒナも見えない」

「帰ってくるさ」伍長が言った。「一度帰って来たんだから、また来る。忍耐《にんたい》が必要だ。あの山を登ろう。そうすれば、もっとよく見えるだろう」

ジョーは伍長《ごちょう》に従《したが》って、谷を渡《わた》り、小川を飛び越《こ》え、手足を使って岩をよじ登り、急な斜面《しゃめん》に出た。そこは九月になるといつもブルーベリーに覆《おお》われる場所だった。ジョーは父さんと何度もブルーベリーを摘《つ》みに来たことがあった。二人は大きな岩の陰《かげ》にうずくまった。そこから見ると、狭《せま》い谷を挟《はさ》んで岩棚《いわだな》が見える。

伍長が双眼鏡《そうがんきょう》を取って、岩棚に向けた。「いいぞ。ずっと良く見える。ここなら、ワシからは見られずに、見ることができる。さあ、待とう。待って、祈《いの》ることだ」思わずジョーは伍長を見た。「どうした？」伍長が聞く。

ジョーは目をそらして、首を横に振《ふ》った。「ただ、同じ言葉を言う人がいるっていうだけです」ジョーが答えた。

「ほら、双眼鏡を使って。じっと、静かにしないといけないね」

二人は並《なら》んで座《すわ》った。ひざをかかえ、目を皿のようにして空を見る。何度も他の鳥は見つけた。ハゲワシ、オオガラス、ヒバリ、ノスリ、それからどこかから飛んできた赤い凧《たこ》には、一時間かそこいら夢中《むちゅう》にさせられたが、ワシは見えなかった。ジョーは頭上高く飛ぶハゲワシに双眼鏡を向け、丸いレンズいっぱいになるまで焦点《しょうてん》を合わせた。ハゲワシの羽根が見え、羽根がどんなふうに翼《つばさ》のまわりを囲み、空を漂《ただよ》うのに役立つかが見てとれた。その時突然《とつぜん》伍長の手がジョーの肩《かた》にまわり、ぎゅっとつかんだ。ジョーはレンズを岩棚に向け、ちょうど舞《ま》いおりたワシを見つけた。足元に何かを落としたが、ジョーにはそれが何かわからなかった。ワシは身体をゆすって、下を見た。それから、獲物《えもの》を取り上げた。マーモットのように見える。ワシは岩棚を巣の方ににじり寄《よ》る。そこに獲物を落とし、爪《つめ》を立てて、つつきはじめた。その時、ジョーの目にワシの後ろの岩陰のなかで何か動くものが見えた。一羽のヒナが、小枝《こえだ》の巣を越《こ》えて、よろめくようにワシの方に近づく。

「見て、見て」ジョーがささやいた。

「貸《か》して」伍長が片手《かたて》を出し、ジョーは双眼鏡を伍長に渡《わた》した。

「プリーマ　アウスゲツアイヒネット！（凄《すご》い、素晴《すば》らしい！）」伍長がささやく。「アウスゲツアイヒネット（素晴らしい）。二羽いるようだぞ、ジョー。うん。二羽いる」そして双眼鏡をジョーにもどした。

岩棚を見つけて、焦点を合わせるのに、腹立《はらだ》たしいほど時間がかかる。だが、ようやく見えた。親ワシと二羽のヒナ。ジョーが見ているのは、マーモットの小間切れを楽しむワシの宴会《えんかい》だった。親子のワシたちは、マーモットの肉を引きちぎり、ひとつの肉片《にくへん》を引《ひ》っ張《ば》り合ってはあとずさりして、片方が離《はな》したとたん肉がバチンと当たる。伍長が肩《かた》をたたくのに気づいたが、ワシを見るのに夢中なジョーは、双眼鏡を渡したくないと思った。肩のたたき方が、さらに強くなった。ジョーは双眼鏡をおろして伍長に渡そうとしたが、伍長は双眼鏡《そうがんきょう》が欲《ほ》しいわけではなさそうだった。下に見える谷の方を指さしている。ジョーもそちらに目を向けた。小川に向かって、三人の兵隊が歩いている。彼《かれ》らの話し声も聞こえてきた。ジョーは双眼鏡をその兵隊たちに向けたが、焦点《しょうてん》を合わせられないうちに、大きな岩の陰《かげ》にすがたを消していた。そして一人ずつ岩の反対側に出てくる。伍長《ごちょう》を見上げると、肩をすくめて微笑《ほほえ》んでいた。

「大丈夫《だいじょうぶ》だよ、ジョー。私《わたし》は外出許可証《きょかしょう》を持っているからね」ジョーは、もう一度兵隊たちの方を見下ろした。大きな岩の奥《おく》で、木々の間を動く人影《ひとかげ》がある。兵隊がもう一人いるのかと思って、ジョーは双眼鏡をほんの少し上げた。あれは兵隊じゃない。ジョーは恐怖《きょうふ》に震《ふる》えた。森の端《はし》にうずくまっているのは、ベンジャミンだ。ベンジャミンはキョロキョロとあちこちを見て、今にも手近の岩まで開けた土地を駆《か》けぬけようとしているようだ。ジョーは、はきそうなほど緊張《きんちょう》する。ベンジャミンのいるところからは、大岩の反対側にいる警備兵《けいびへい》たちが見えないだろう。兵隊たちがほんの何歩か進めば、ベンジャミンは彼らと鉢合《はちあ》わせすることになる。

第七章

伍長は立ち上がると、手を口にあてて叫《さけ》んだ。「オーイ！　オーイ！」声が谷間にこだまする。警備兵たちが足を止めた。「オーイ！　オーイ！」叫びながら伍長は頭の上で両手を振《ふ》ったが、兵隊たちはライフルを構《かま》え、警戒《けいかい》したようすでまわりを見回している。伍長は笑って首を横に振った。「たぶんルディーの隊だと思うな。じいちゃん隊って呼《よ》んでる。全員が私より年上だよ」ジョーは、木のすき間越《ご》しに大岩の向こうを見た。ベンジャミンのすがたは見えない。一人の兵隊がこちらに気づいたようで、興奮《こうふん》して指さしている。「あっちにおりて行ったほうがいいだろう。だれだかわかるようにね。国境《こっきょう》を越《こ》えて逃《に》げようとしていると思われると困《こま》る。行こう」そう言って、ジョーに手を貸《か》して立たせた。兵隊たちはこちらへ向かって駆け上がってくる。「やっぱりルディーだ。あの走り方は、ルディーに違《ちが》いない。故郷《こきょう》でのあいつの職業《しょくぎょう》を知ってるかい？　何て言ったかな、はく製師《せいし》だよ。どんな仕事か、わかる？　わからない？　それなら教えてあげよう。死んだ動物の体に中身を詰《つ》めなおして、置物を作るんだ。魚や、鳥で作ることもある」

ジョーは話には上の空で、大岩の向こうの木々の間を、目を皿にして見ていた。何も見えない。ベンジャミンは逃《に》げたようだと、ようやく確信《かくしん》できた。もう、大丈夫《だいじょうぶ》だ。心臓《しんぞう》が喉元《のどもと》まで飛び出してきてドキドキしている。なんとか鎮《しず》めようとつばを飲み込んだ。

「ヴァス　イスト　ロース？（どうかした？）　ジョー、どうかした？」伍長《ごちょう》がたずねた。

「どこか悪いみたいだ」

「なんでもありません」ジョーは首を振《ふ》って答えた。「なんでもありません」

伍長がジョーのひじをとって言った。「さあ、おりよう。哀《あわ》れなルディー。ここまで上がって来させたら、あいつは心臓発作をおこしちまうだろう」

しばらく後、山の斜面《しゃめん》で再会《さいかい》の笑い声がわきあがった。伍長と兵隊たちが何を話しているのか、ジョーにはチンプンカンプンだったが、兵隊たちが伍長とジョーを見るようすから、伍長がワシの巣のことを説明しているのはわかった。何度もうなずき、何度も「ヤーヤー（はい　はい）」と言っては、また笑い声をあげる。するとその時、まるで話を裏付《うらづ》けるかのように、ワシが頭上で鋭《するど》い鳴き声をあげ、くるりと旋回《せんかい》して山の頂上《ちょうじょう》を越《こ》えて高く飛んでいった。兵隊たちは空に双眼鏡《そうがんきょう》を向けたが、ジョーは、まだ木立《こだち》を見ていた。

「ジョー、急いで。見逃《みのが》すぞ」伍長が言った。ジョーが双眼鏡を目に当てて焦点《しょうてん》を合わせた時には、ワシはすでに飛び去ったあとで、山の上の空には何もなかった。

ジョーたちが曲がり道をまわって、帰り道をたどったのは、午後も遅《おそ》くだった。ユベールが岩の上に座《すわ》ったままでいるのが見えた。ロウフがひざから頭を持ち上げて、あくびをした。そのあとのびをして、二人の方へ近づいてきた。ユベールには足音が聞こえなかったようで、ヒツジたちが寄《よ》ってくる頃《ころ》になってようやくこちらを振《ふ》り向《む》いた。二人がもどったことよりも、双眼鏡がもどったことのほうが嬉《うれ》しいようで、たちまち双眼鏡を取ると、自分の首にかけてしまった。伍長は微笑《ほほえ》んで、立ち去ろうとした。

「双眼鏡はどうします?」ジョーが後ろから呼《よ》びかけた。

伍長は後ろ向きに何歩かもどって言った。「ユベールが使えばいい。双眼鏡が嬉しいんだろう? 私《わたし》には別に、軍隊用のがあるから。もっと性能《せいのう》が良くて、頑丈《がんじょう》なやつだ。それは個人《こじん》の物だから、ユベールにあげるよ。アウフ ヴィーダーゼン(さようなら)」

双眼鏡が本当に自分の物になったとユベールが理解《りかい》するまで、しばらくかかったが、ようやくわかった時には、村じゅうの人が一人残らずユベールからその話を聞かされ、村じゅうの人が一人残らず双眼鏡をのぞかされて、彼《かれ》の喜びを分かち合うことになった。それからというもの、ユベールはいつでも首に双眼鏡をかけて歩いた。ヒツジの乳《ちち》しぼりをする時までも。ユベールの父親の話では、夜は双眼鏡《そうがんきょう》を持って眠《ねむ》ることもあるそうだ。

今や、それまでにも増《ま》して、伍長《ごちょう》は村人から心からの好意を持たれることになった。伍長からの贈《おく》り物《もの》は賄賂《わいろ》とは思われず、率直《そっちょく》な気前良さの表れとして受け入れられた。村人の温かさという繭《まゆ》のような保護《ほご》の中で、伍長の精神的痛手《せいしんてきいたで》は瞬《また》く間に回復《かいふく》していくように見えた。もっとも、マダム・スーレのように、「少し早すぎる」と言う者もあったが、回復したわけではないと、ジョーにはわかっていた。

伍長とジョーは、よく二人並んで岩の上に腰《こし》をおろして長い時間を過《す》ごした。伍長の話では、あれ以来、山の上に登ることは禁《きん》じられたそうだ。ヴァイスマン中尉《ちゅうい》が禁止したと言った。それでも、二人は満足していた。いっしょにヒツジたちをながめ、鳥をながめている時など、伍長の長い沈黙《ちんもく》の中に、ジョーは生々しい悲痛《ひつう》を感じた。伍長が亡《な》くなった娘《むすめ》を話題にすることは、二度となかったが、たった一度だけ、「もうすぐあの子の誕生日《たんじょうび》だ」と言った。それは、ユベールがいつもどおり双眼鏡を首に下げて、ぎごちなく二人のところへやってきた日のことだった。ジョーの隣《となり》に腰《こし》をおろしたユベールは、妙《みょう》に落ち着かなげに体を前後に揺《ゆ》らしていた。緊張《きんちょう》した時のくせだ。やがて急に身体を揺らすのをやめると、大きく息を吸《す》いこんでから、シャツの中に手を入れた。ジョーは、カエルか何かを出すのだろうと思った。ところが、シャツから出したユベールの手には、一箱のタバコがあった。それを、ジョーの前を通り越《こ》して伍長に差し出す。

伍長は首を横に振《ふ》って微笑《ほほえ》んだ。「ありがとうユベール。でも、いらないよ。戦争が始まって以来タバコを吸《す》い過ぎた。手紙でうちの奥《おく》さんに、もうタバコを吸わないと約束したんだよ。約束したからには、守らなくてはね。そうだろう?」ユベールは顔をしかめて、さらにタバコの箱を伍長に近づける。「わかったよ、ユベール。じゃあ、今度だけにするよ」そう言って伍長はタバコの箱を手に取った。

ユベールはひざを抱《かか》えて、再《ふたた》び身体を揺すり出した。伍長が箱を開けた時、中に綿《わた》が詰《つ》めてあるのを見て、ジョーは理解《りかい》した。伍長がそっと綿をどけて中身を出す間、ユベールは両手で目を隠《かく》していた。どういうことか、伍長にもわかってきたようで、慎重《しんちょう》に綿を取り除《のぞ》いていく。中から出て来たのは、小さな白いカップだった。伍長が綿の上でゆっくり回して行くと、周りに二羽の金色のワシが付いているのが見えた。広げた翼《つばさ》が互《たが》いに触《ふ》れあっている。

「ユベールのミニチュア細工です」ジョーが言った。

伍長がうなずいた。「そうだね」光にかざすと、透明《とうめい》になっている。「ユベールのお父さんから、コレクションを見せてもらったよ」伍長はカップを再び綿で包み直して、タバコの箱にしまった。そして岩から滑《すべ》りおりて、ユベールの前に立った。手を差しのべて、ユベールの両手を目からはずしてやった。前かがみになって、ユベールの両ほおにキスをして、ひざをやさしくたたき、歩み去った。

「伍長《ごちょう》は喜んでくれたよ」ジョーが言ったが、ユベールは足を引きずっているヒツジを見つけて、それを追いかけて行ってしまった。そして、ロウフといっしょに隅《すみ》に追い詰《つ》め、メーメー鳴くヒツジの行く手をふさいだ。後ろ足を持ち上げて、足の裏《うら》から何かを取ってやると、おしりをたたいたあと放してやった。

雨が降《ふ》りそうだったので、その日は早目にヒツジを家にもどした。ところが、みんなが同じことを考えたので、村の狭《せま》い道は大量のヒツジで大混乱《だいこんらん》になった。それでもなんとか家に帰って、前庭の囲いに納《おさ》めることができた。ヒツジが何匹《びき》か足りないように思ってジョーが数えていると、おじいちゃんが玄関《げんかん》に出て来て、中に入れと呼《よ》びかけた。何かあったのは、その顔つきでわかった。ジョーはヒツジをかき分けて進んだ。おじいちゃんは、タバコを口の端《はし》からぶら下げて、玄関の階段《かいだん》に立っている。

「あの子たち？」ジョーがそっと聞いた。

「違《ちが》う」おじいちゃんはタバコを投げ捨《す》てて言った。「家に入れ。おまえを待ってたんだ」

「乳《ちち》しぼりは？」

「ヒツジは待たせておけばいい。さあ」そう言って、ジョーの腕《うで》を取った。

台所に入ると、ジョーの予感はさらに高まった。何かあった。クリスチナが母さんのひざの上で静かに座《すわ》っている。クリスチナは、だれのひざにも座ったことがなく、静かにしていたためしもない。クリスチナは部屋の反対側を見つめている。母さんはクリスチナの頭の上にあごをのせていて、その目には涙《なみだ》がたまっている。「ジョー」母さんが言った時、窓際《まどぎわ》に男の人が立っているのが見えた。

その人は、汚《よご》れた長い外套《がいとう》のポケットに両手を入れ、ジョーに背中《せなか》を向けて立っている。その人がふりかえった時、夕方の陽射《ひざ》しが顔に当たり、そのとたんにわかった。父さんだ。でも、四年近く前に別れたままの父さんではなく、何だか小さくなったようで、やせて、黒かった髪《かみ》が白髪《しらが》になっている。抱《だ》きついた時、外套をとおしてゴツゴツした肩甲骨《けんこうこつ》がわかるほどだった。

「ジョー、顔をよく見せてくれ」父さんは言って、ジョーを目の前に立たせた。「大きくなったな」父さんの顔は、ほお骨《ぼね》に紙が貼《は》り付《つ》いたようだ。「それほどひどくはないだろう？　だれだか、わかったんだろう？」

「もちろんだよ、父さん」ジョーは言った。

「おまえの妹よりいい。だが、あの子が悪いわけじゃないよな。父さんが出て行った時は、まだほんの赤《あか》ん坊《ぼう》だったんだから」

「解放《かいほう》されたんだ、ジョー。家に帰してくれた」おじいちゃんが言った。

「やつらが親切心から解放したなんて、思わないでくれ」父さんが言った。「やつらは、必要な物をおれから奪《うば》いつくした。おれを使い果たしたんだ」

ジョーはよくわからなくて、母さんを見た。

「父さんは病気なの。結核《けっかく》。これ以上働けない身体だからって、帰してよこしたの」

「使い捨《す》てだ」父さんが言った。「同じような人間は大勢《おおぜい》いる。やつらの役に立たなくなったから、それで故郷《こきょう》に帰した。ミッシェルを知ってるだろう? ミッシェル・モーロワ。あいつもおれといっしょに帰された。ミッシェルは不平を言っていないし、おれも言わない。少しばかり胸《むね》がゼイゼイしようが、それが家に帰るパスポートなら何でもない。一週間か二週間もすれば、すっかり良くなるさ」

その晩《ばん》家族は、夕食の食卓《しょくたく》で長い時間を過《す》ごした。父さんは留守《るす》の間の出来事を何もかも聞きたがった。時間がたつうちにクリスチナも少しずつ父さんに近づいて行った。寝《ね》る時間になって部屋に行く頃《ころ》には、父さんがお休みのキスをしても平気だった。

「これまでの年月で、最高のできごとだな」父さんは言った。

おじいちゃんが捕虜収容所《ほりょしゅうようじょ》の話を聞こうとすると、父さんはひと言も話そうとせず、こう言った。「知りたいとも思わなかった自分を、知ることになった」そのあと、父さんは自分だけの世界に入ってしまったようで、長い沈黙《ちんもく》が続いた。

しばらくして、だれかが村に駐屯《ちゅうとん》しているドイツ兵のことを少し口にすると、父さんは怒《いか》り狂《くる》った。おじいちゃんがブタを買った話は、父さんをイラつかせた。父さんがヒツジのことを尋《たず》ねた時、それまでほとんどしゃべらなかった母さんが口を開いた。

「ジョーがあなたの代わりになってくれています」母さんが言ったとたんに、父さんの顔が曇《くも》った。母さんは続けた。「手紙に書いたでしょ？　ジョーを誇《ほこ》りに思って良いですよ。学校を休むことが続いたかもしれないけど、オーダ先生は理解《りかい》してくれました。オーダ先生は、うちのジョーを高く評価《ひょうか》してくれていますからね」

「オーダ先生とは？」父さんが聞いた。

「学校の先生ですよ。おぼえていないの？」母さんが言った。

「ああ、そうだった」父さんは言って、目をそむけた。父さんは、村のことを何もかも忘《わす》れてしまっているようで、それに自分が気がついても、他の人が気がついても、傷《きず》つくようだった。ジョーは、自分がどんなに役に立つかという話など、母さんが早くやめてくれればいいのにと思った。母さんがひと言いう度に父さんがしぼんでいくように見える。それなのに、母さんはまだ話し続けている。

「もちろん、ユベールがジョーを手伝ってくれているわ。あの子なしでは、私《わたし》たちはやっていけなかった。ユベールはおぼえているでしょ？」

「おぼえている」父さんがピシャリと言った。「あたりまえだ」

おじいちゃんが、話を混《ま》ぜ返《かえ》そうとした。「私《わたし》も働いたぞ。この私を忘《わす》れちゃ困《こま》る。この四年の間、寄《よ》りかかって座《すわ》りっぱなしだったとでも言うのか？　夏の草場にヒツジを連れて行ったのは、だれだと思う？　ジョーが学校へ行っている間、ヒツジを移動《いどう》させたのは、だれだ？　この私だ。おまえの年老いた父親さ」おじいちゃんは立ち上がって、父さんにワインのお代わりを注《つ》いだ。「もう、おまえが帰ってきたのだから、私はお役御免《ごめん》だな」

「まだですよ」母さんが言った。「まずは、この人に丈夫《じょうぶ》になってもらわないと。栄養と、暖《あたた》かい家と、充分《じゅうぶん》な休養。この人には、それが必要ですからね」

「おれのことは心配するな」父さんは言って、まるで嫌《いや》なものでも飲み込《こ》むかのようにワインを飲みほした。

おじいちゃんがお父さんの方にかがむと、そのひざをそっとたたいて話しかけた。

「私は、ある女性《じょせい》に求愛しているんだよ、おまえ」それを聞いたとたん、父さんの笑い声が家に響《ひび》き渡《わた》った。帰ってきて初めてのことだった。

「本当なのよ」母さんが言った。「みんな知ってるわ。あの人の家に、行ったり来たりしているのですものね。村じゅうの話題になってるの」

「あの人って？」父さんが聞いた。

「オルカーダさんよ。クロゴケグモ」母さんが言った。

「冗談《じょうだん》だろう？」父さんはまだ笑っている。

「悪いか？」おじいちゃんが、わざと怒《おこ》ったふりをして言った。「このあたりで、一番賢《かしこ》い女性だ。あの人は、必要に迫《せま》られなければ、一銭だって手から離《はな》さない。ジョーへのお駄賃《だちん》だって、ハチミツで払《はら》うんだからな。ジョー、そうだろ？」

「何のお駄賃だ？」

「買い物の運搬《うんぱん》だよ」おじいちゃんが答えた。

ジョーは黙《だま》ったまま感心していた。おじいちゃんは、ほんの短い間に父さんを笑わせ、オルカーダさんの家への行き来についての説明までしてしまった。父さんは、まだクスクス笑いながら、立ち上がった。

「それじゃあ、親父が馬鹿《ばか》げたことをしでかすのを止めさせるのに、ちょうど間に合って帰れたってわけだ」

「息子《むすこ》よ、もう遅《おそ》い」おじいちゃんが言った。「こっちは、もうすっかり心を奪《うば》われているんだからな。それに、おまえだろうと、だれだろうと、何かを言う筋合《すじあ》いのものじゃない」

父さんは外套《がいとう》を着始めた。

「どこへ行くんです?」母さんが聞いた。

「出かけてくる」父さんが言った。「捕虜収容所《ほりょしゅうようじょ》にいる間、たくさんのことを楽しみにしていた。おまえに会うこと。家に帰ること」急に父さんが顔を曇《くも》らせた。「信じられないかもしれないが、ある時から、家族の顔やすがたさえ思い出せなくなった。あそこにいるロウフ以外。思い出せないことを楽しみにすることはできない。それで、一番やりたいと思ったのは、夜の山を歩き回ることだった。だから、今から歩いて来る」

玄関《げんかん》の方へ行く父さんを見て、三人は顔を見合わせた。「でも、いけないわ」母さんが言った。「お疲《つか》れでしょうし、具合も良くないもの。風邪《かぜ》をひいてしまう」

「大丈夫《だいじょうぶ》だ」父さんはドアを開けながら言った。「すぐに帰る」

おじいちゃんが父さんの前に立った。そして、腕《うで》をとって、玄関のドアをきっちり閉《し》めた。「今、外には出られない。夜間外出禁止令《きんしれい》が出ている」

「外出禁止令?」

「夜九時半以降《いこう》は外出禁止だ。九時半過《す》ぎに外にいるのをドイツ兵に見つかったら……」

「どうなるっていうんだ?」父さんの声に怒《いか》りがこみあげる。「逮捕《たいほ》か? 射殺《しゃさつ》か? 何だっていいさ。四年もの間監禁《かんきん》された挙句《あげく》、故郷《こきょう》に帰って来たんだ。故郷でドイツ野郎《やろう》なんかに逮捕されてたまるか。おれは、好きな時に出歩く。親父、そこをどいてくれ。どけよ！」おじいちゃんは仕方なくわきに寄《よ》った。父さんはドアを開けると、外套《がいとう》の襟《えり》を立てて暗闇《くらやみ》の中へと出て行った。

三人は恐怖《きょうふ》に震《ふる》えて父さんの帰りを待った。今にも軍靴《ぐんか》の音がしないか、叫《さけ》び声《ごえ》が、銃声《じゅうせい》が聞こえないかと耳をすませていたが、時がたてばたつほど、心配は大きくなった。だが、一時間ほどして家に帰ってきた時、父さんはこう言っただけだった。

「やつらのすがたは見えたが、向こうからはこっちが見えなかったよ」

外を歩くことで、父さんの怒りは収《おさ》まったようだった。

ジョーはベッドに横たわって、隣《となり》の部屋から聞こえる両親の低い話し声を聞いていた。父さんは、本当に家に帰ってきた。さっきまでの数時間は、夢《ゆめ》ではなかったのだ。やがて咳《せき》の音が聞こえだした。咳の発作が静まり、また次の咳き込《せこ》みが始まるまでの間に、ジョーは何とか眠《ねむ》りこんだ。けれど、クリスチナが父さんの咳で目をさまして、夜どおし寝《ね》たり起きたりしていた。ジョーは眠ろうと努力するのをあきらめて、夜明けの鳥のコーラスを待つことにした。

翌日《よくじつ》、村は喜びと希望に沸《わ》き立った。今や戦争が勝ちつつあることを、だれも疑《うたが》わない。あとは時間の問題だ。村の男二人の帰還《きかん》は、祝うに値《あたい》する。人びとはお祝いの口実なら、どんな小さなことにも熱狂《ねっきょう》してとびつきたい心境《しんきょう》だった。ユベールは村長に言われて、村じゅうを太鼓《たいこ》をたたいて回った。双眼鏡《そうがんきょう》を首にかけたままで。そして、村長の公式な祝辞を聞くために村人たちは全員広場に集まった。父さんとミッシェル・モーロワは村長の両側に立っていたが、二人とも歓迎式典《かんげいしきてん》を喜ぶというより、耐《た》え忍《しの》んでいるように、ジョーには思えた。祝辞は、典型的な美辞麗句《びじれいく》で締《し》めくくられた。

「われわれは、来たるべき日を待っている」村長のムッシュ・サートルが言った。「最早《もはや》、その日は遠くないだろう。われわれの父親が、兄弟が、伯父《おじ》が、甥《おい》が、われわれのもとに帰ってくる日は近い。フランス万歳《ばんざい》！」皆が手をたたき、歓声《かんせい》をあげ、笑うなか、ジョーはそっとまわりを見回したが、ドイツ兵のすがたは見えなかった。

その次の日、ジョーが学校へ行くと、生徒たちが集まってきて、お祝いを言った。お祝いを言われるようなことを自分がしたわけではないのにと思ったが、それでもジョーは嬉《うれ》しかった。けれど、全員がそんな大騒《おおさわ》ぎに加わるわけではなかった。校庭の向こうから、悪意に満ちた、怒《いか》りにも似《に》た視線《しせん》が向けられるのを感じた時、ジョーはまだ多くの子どもたちの父親が捕虜収容所《ほりょしゅうようじょ》にいることを考えずにいられなかった。ローランは、ジョーを妬《ねた》むようには見えなかったが、ローランには彼《かれ》なりの理由があるのだとわかった。

「父さんは、むかつくからね」ローランは言った。「母さんもそう言ってる。だから、できるだけ長く、あっちに置いてもらったほうがいいのさ」ローランという子は、それがもとでトラブルになるとしても、いつでも思った通りのことを言う。ジョーはその点では感心していた。けれど、今回ばかりは、強がりのような気がしてならなかった。

ジョーの父さんは帰ってきたが、本心では、帰らなければよかったのにと感じていた。それは、どれほど否定《ひてい》しようとしても難《むずか》しい。父さんは別人になっていた。しかも、歓迎したくない人間だ。父さんは嫌《きら》いではないが、ジョーの知らない人だった。

日曜の教会では、ラサール神父がオルガンで凱旋曲《がいせんきょく》を弾《ひ》き、二人の解放《かいほう》を神に感謝《かんしゃ》した。

その日の夕方、ジョーがカフェにいると、父さんとミッシェルが立ち上がって、テーブルの上に乗ってダンスを踊《おど》った。ダンスはカフェから広場に広がった。真面目一方に見えたオーダ先生が、みんながびっくりするような歌を歌い、ユベールは壁《かべ》に飾《かざ》ったクマの毛皮をかぶり、うなり声をあげて子どもたちを追いかけて村の通りを走り回った。

伍長《ごちょう》と兵隊が二人、カフェに入って来た時も、だれもそちらを見もせず気づきもしなかった。隅《すみ》のテーブルに着く時、伍長がジョーにうなずき、微笑《ほほえ》みかけたので、ジョーも微笑み返した。すると突然《とつぜん》、父さんが、座《すわ》っていた椅子《いす》を壁に蹴《け》りつけて、立ち上がったではないか。恐《おそ》ろしい沈黙《ちんもく》の中で、通りの歓声が遠く響《ひび》く。ミッシェルが引き止めようとしたが、父さんは聞こうとせずにその手を振《ふ》り払《はら》って、三人のドイツ兵をにらみつけた。

おじいちゃんが父さんのそばに行った。「さあ、家に帰ろう」

「まだ帰らない」父さんはおじいちゃんにそう言ってから、ドイツ兵に向かって声を張《は》り上《あ》げた。「おやおや。ミッシェル、おれたちの帰還《きかん》を祝いに、だれが来たか見てみろよ」

父さんはワインのビンを持って、ドイツ兵たちの席へ歩いて行く。

「グーテンアーベント（今晩《こんばん》は）」軽蔑《けいべつ》しきった声だ。

「今晩は」伍長《ごちょう》が、目を上げずに答えた。

「このささやかなパーティーに、加わってもらわなくてはな」父さんは、酔《よ》っぱらった低いもつれ声で言うと、ドイツ兵たちのグラスにワインを注《つ》いだ。

おじいちゃんが父さんを連れもどそうとした。「もういい。帰ろう。家に帰ろう」けれど父さんは無視《むし》した。

「さあどうぞ。フランスの上等なワインだ」父さんは、ビンを上にかざした。「勝利に乾《かん》杯《ぱい》！」

ドイツ兵たちは、うつむいて、身動きもしない。やがて伍長が立ち上がって、グラスを手に持ち、父さんと向き合った。「平和に乾杯」伍長はそう言ってワインを飲み干《ほ》すと、グラスをテーブルに置いた。

その瞬間《しゅんかん》、クマの毛皮を頭から垂《た》らしたユベールが入口に現《あらわ》れた。ローランがその腕《うで》をつかむ。ユベールは伍長を見た。父さんはユベールの首にかかって揺《ゆ》れている双眼鏡《そうがんきょう》をつかんだ。「いいな」父さんが言った。ユベールは笑って、双眼鏡を目に当てた。部屋の中を双眼鏡で見回して、カウンターの上の棚《たな》に飾《かざ》ったノスリのはく製《せい》に焦点《しょうてん》を合わせた。「バン！」ユベールが撃《う》つまねをした。「バン！　バン！」ユベールが笑い、皆が笑うとさらに喜んだ。

「ユベールのです」ローランが言った。「伍長さんがくれたんだよな、ユベール。何でも見える。月の表面にある山まで見えたもの」

「そうなのか？」父さんが苦々しく言った。「今や、われわれは、やつらから贈《おく》り物《もの》をもらうってわけか？」ジョーが父さんに駆《か》け寄《よ》った。説明しなくちゃ。父さんも伍長のことを知らなければいけない。どんなに親切だったか。娘《むすめ》さんが、どんなことになったかを。

「父さん」ジョーが父さんの腕に触《ふ》れて声をかけた。

父さんは目に怒《いか》りの炎《ほのお》を燃《も》やしてジョーをふりかえった。「伍長さんは、おまえの友だちでもあるんだろう？」ジョーは後ずさった。

「おやすみなさい」伍長がテーブルから帽子《ぼうし》を取り上げて立ち上がり、ユベールの前を通る時に、その肩《かた》にそっと手を置いて去った。二人のドイツ兵も、伍長に続いた。父さんはひどく咳《せ》き込《こ》みはじめて、とうとう身体を二つに折り曲げるほど苦しみだした。おじいちゃんがその手からビンを取り上げ、肩に手を回した。

「ジョー、家に連れて帰ろう」おじいちゃんが言った。

それからの数週間というもの、父さんは農場にも、その他のことにも、ほとんど興味《きょうみ》がないようだった。一日中野山を歩き回っては、むっつりと暗い顔で家に帰ってくる。夜はミッシェルとカフェに入りびたるから、外出禁止《きんし》前までに帰るように、おじいちゃんもいっしょに行く。帰って来た時には、常《つね》に酔《よ》っぱらっていた。ジョーは、戦争に行く前にも父さんが酔っぱらって帰ってきたのをおぼえているが、その時は陽気に歌を歌っていた。今は、帰ってきても暗く黙《だま》り込《こ》んでストーブの前でじっと座《すわ》っている。ジョーはそんな時の父さんの目を見ることさえできなかった。その目には、恐怖《きょうふ》があふれていた。まわりからの非難《ひなん》が、わかっているのだ。それまで育ててもらった父さん、長い夏をヒツジ飼《か》い小屋で過《す》ごした父さんは、今家にいる男の人とは違《ちが》う人だった。家族は見知らぬ人間といっしょに暮《く》らし、だれもがそれを感じていた。

ある日ジョーが帰ると、母さんが台所で泣いていた。ジョーは、母さんを抱《だ》きしめたが、なぐさめる言葉がみつからなかった。おじいちゃんのほうはさすがだった。

「見ててごらんリズ、今に乗り越《こ》えるさ」おじいちゃんが言った。「あいつの身にもなってごらん。死人が地獄《じごく》から蘇《よみがえ》ったようなものだろう。あいつにしてみれば、そんなようななものだ。帰ってくれば、何もかもが元通りだと思っていたら、そうじゃなかった。おまえも変わったし、私《わたし》も変わった。このジョーなどは、背《せ》が並《なら》ぶほど大きくなっている。リズ、今のあいつの身体の中は、恨《うら》みと怒《いか》りでいっぱいだ。毒されてしまっている。だが、やがては山場を迎《むか》えて、そこからぬけだすだろうよ。もう少し時間をやろうじゃないか」けれど、時間は、事態《じたい》をさらに悪くするだけのように見えた。おじいちゃんがどんなに元気づけようとしてみても、父さんの耳には届《とど》かなかったのだ。

そんなジョーとおじいちゃんにとって、子どもたちが隠《かく》れている洞穴《ほらあな》に食料などを届《とど》ける小旅行は、ちょうど良い気晴らしになった。ジョーはよくベンジャミンと連れ立って、森へ薪《まき》を集めに出かけた。二人は、あの時の子グマが今頃《いまごろ》どこまで大きくなっているだろうか、どこで暮らしているだろうかなどと話した。おじいちゃんはオルカーダさんに苦労話を打ち明けたが、少しも同情《どうじょう》してもらえないようだった。

ある日の午後、洞穴からの帰り道で、こちらに走ってくるユベールに会った。背後《はいご》のシダの茂《しげ》みを指さし、興奮《こうふん》して何やら言っている。そして双眼鏡《そうがんきょう》を首からはずして、ジョーに渡《わた》した。初めは、ロウフの尻尾《しっぽ》しか見えなかったが、すぐに野生のイノシシがシダの茂みから飛び出してきて、野原を横切って行った。ユベールがそのあとを追って駆《か》けて行く。しまいには、ユベールはシダの茂みに入り、手にした棒《ぼう》を持ち上げて「バン！　バン！」と大声をあげていた。おじいちゃんとジョーは大笑いして、家に向かった。

家では父さんが一人で台所に座っていた。二人が入ってくるのを見て、目を上げた。手に、ワインのグラスを持っている。

「どこへ行ってたんだ？」父さんが聞き、双眼鏡《そうがんきょう》を見て、たちまち顔をしかめた。立ち上がってジョーに飛びつくと、双眼鏡のひもをつかんだ。「これは、何だ？」ジョーはその時まで、双眼鏡を首にかけていることさえ忘《わす》れていた。

「ユベールの双眼鏡だよ、父さん。貸《か》してくれたんだ。イノシシがいたから。そうだよね、おじいちゃん」

「ジョー、おれは嫌《いや》な噂《うわさ》を耳に入れたぞ」そう言って父さんは、ジョーをさらに引《ひ》き寄《よ》せた。息が酒臭《さけくさ》い。身を引こうにも、しっかりつかまれて逃《に》げられない。

「放してやれ」おじいちゃんが言った。

「口を出すな」父さんが言った。「こいつはおれの息子《むすこ》だ。親父とリズは、こいつを堕落《だらく》させやがった。おれがほんの四年いない間に、こいつがどうなったか見てみろ」

「父さん、何を言っているの？」ジョーが聞いた。

「裏切者《うらぎりもの》。そう言っているのさ」

ジョーは首を横に振《ふ》った。

「話は聞いた。否定《ひてい》しても無駄《むだ》だ。あのドイツ野郎《やろう》の伍長《ごちょう》と、出歩いているらしいじゃないか」

「ワシを見に行っただけだよ」

「うそをつくな、ばか野郎！」

予告もなく殴《なぐ》られて、ジョーは後ろ向きに倒《たお》れそうになり、おじいちゃんがなんとか受け止めてくれた。ほおに手をあてたが感覚がない。唇《くちびる》をなめると血の味がした。おじいちゃんがジョーをかばって前に出た時、母さんが駆《か》け込《こ》んできてジョーに飛びついた。

「何をするんです！」母さんが悲鳴をあげた。

「大丈夫《だいじょうぶ》だ」おじいちゃんがジョーを椅子《いす》に座《すわ》らせた。

「何てことを！」母さんが叫《さけ》ぶ。「自分の息子だというのに。あなたはどうなってしまったの？　収容所《しゅうようじょ》で、何があったっていうの？」

「何があったか、知りたいか？」父さんが荒《あら》い息で言った。「何があったか、教えてやろう。やつらは、おれのはらわたをぬいた。まるで魚のようにな。わかるか？　おれの人生の四年間を奪《うば》い去った。それがやつらのしたことだ。その挙句故郷《あげくこきょう》に帰ってみたら、どうだ？　腐《くさ》りきった村じゅうが、やつらといちゃいちゃしやがって、その上自分の息子があの汚《けが》らわしいドイツ野郎と仲良しになっていたとはな。やつらがどんなに汚らわしいか、知らないのか？　やつらが何をしたか、知らないのか？」

「死ぬわけにはいかないもの」母さんはそう言って、たじろぐ父さんの手をとった。

父さんは、おおっぴらに涙《なみだ》を流しはじめていた。「おれの息子《むすこ》が、裏切者《うらぎりもの》とはな。あの双眼鏡《そうがんきょう》が何を意味するか、わかってるか？　恥《はじ》の象徴《しょうちょう》だ。ユベールはまぬけだからしょうがない。だが、おれの息子は。おれの息子……」それ以上は言葉にならなかった。

おじいちゃんがポケットからハンカチを出して、ジョーに渡《わた》した。「そら。そこらじゅう血だらけにしたくないだろう？」おじいちゃんはタバコを一本取り出して父さんに差し出したが、父さんは首を横に振《ふ》った。

「座《すわ》らせてやれ、リズ」おじいちゃんが厳《おごそ》かに言った。「そうして、ブランデーを一杯《ぱい》だ」

母さんが父さんを椅子《いす》に座らせた。

「私《わたし》も一杯もらおう。みんなで一杯やって、祝おうじゃないか。何を祝うか、わからないだろう？　聞きたくないだろうが、教えてやろう。おまえにこんな風に言って聞かせるのは、おまえが子どもの頃《ころ》以来のことだ。ジョーの前ではよそうと思ったが、どうしても言いたいことがある」おじいちゃんは、ブランデーを受け取った。「リズ。おまえもお座り。おまえも聞くがいい。おまえには別の理由で聞きたくない話だろうが。ここにいる、この子、おまえの言う裏切者のことで聞かせたいことがある」

ジョーには、おじいちゃんが何を言おうとしているのかがわかった。

「やめて、おじいちゃん。言っちゃだめだよ」

「いいや、ジョー。言わねばならぬ」おじいちゃんが言った。「おまえのことを、あんな風に思わせたくない。私のことも、だれのこともだ」おじいちゃんは、父さんに向かって話し出した。「おまえの息子、この子は普通《ふつう》の子に見えるだろう。騒《さわ》ぎもせず、静かに暮《く》らしている。この子のことを教えてやろう。この子は、たった一人で、いいか、ほんの数か月前まで、たった一人で、オルカーダさんの買い物を届《とど》けていたんだ。それだけのことかと言うだろう。だが、それが本当は、だれのためだったか、わかるか？　教えてやろう。十二人の子どもたちがいる。ユダヤ人だ。山の森の洞穴《ほらあな》に隠《かく》れ住んで、国境《こっきょう》を越《こ》えてスペインに連れて行ってもらうのを待っている。すでに二年近く待っている子も何人かいる。その間じゅう、食料が必要だった。その間じゅう、おまえの息子のジョーが食料を運んでいたんだ。おまえの息子『裏切者』のジョーがいなかったら、生き延《の》びられなかったんだ。この子は食料運びを続け、しかも秘密《ひみつ》をひと言ももらさずにいた」母さんが口を手でおおった。「リズ。この子はおまえさんには言えなかった。言うわけにいかなかった。約束を守ったからだ。いずれにしろ聞けばおまえさんは、やめさせるだろう」

おじいちゃんは、また父さんに向き直った。「おまえがいたところではどうだかわからないが、ここでは厳《きび》しい決まりがある。われらの友人ドイツ兵が決めたものだ。こうだ。逃亡者《とうぼうしゃ》を助けようとして捕《つか》まった者は、銃殺《じゅうさつ》。このジョーは、それを知りながら、役割《やくわり》を務《つと》めてきた。いつ何時《なんどき》、おまえの息子《むすこ》は連行されて銃殺《じゅうさつ》になるかわからないのだぞ」

聞いていて、ジョー自身が恐《おそ》ろしくなった。今頃《いまごろ》になって恐怖《きょうふ》を感じた。もちろん、わかっていたが、きちんと考えたことがなかった。今まで、実感していなかった。まるでおじいちゃんが、別のだれかのことを話しているように感じる。自分のしていることに、大きな意味はない。ただ、そうなっただけ。おじいちゃんが話し終わった時、ジョーは父さんを見た。父さんは頭をかかえてうなだれている。

「ジョー」父さんが言った。「おれは、おまえになんてことをしてしまったんだ。何を言ったんだ」

「取り返せないことは、何もないさ」おじいちゃんが言った。「取り消せない言葉もない。さあ、二人とも立ちなさい」そしておじいちゃんは、二人を引《ひ》き寄《よ》せた。

抱《だ》きしめたあと、父さんはジョーの肩《かた》を抱き、涙《なみだ》ながらに微笑《ほほえ》んで言った。「おれより背《せ》が高くなったな」そして、おじいちゃんを振《ふ》り向《む》いた。「子どもたちは、まだいるんですね？　洞穴《ほらあな》の中に」

「ああ、そうだ」おじいちゃんが言った。そのあと、ベンジャミンとオルカーダさんのことを、何もかも話した。子どもたちに山越《やまご》えをさせる機会を待っていることを。

父さんは暖炉《だんろ》のところに行って、しばらく寄りかかっていたが、やがてふりかえってみんなに言った。「信じられない。とんでもないですよ。いつ警備隊《けいびたい》が洞穴を見つけるかわからないというのに。一体、何を期待しているんです？　奇跡《きせき》？　終戦？　ドイツ野郎《やろう》が全員眠《ねむ》ること？」

「言っただろう？」おじいちゃんが言った。「警備兵がそこいらじゅうにいる。ベンジャミンが見ている。私《わたし》も見ている。それに、子どもたちのうち何人かは、身体が弱っていて動かせない」

「弱っていようがいまいが」父さんが激《はげ》しい調子で言った。「行かねばならない。必要なら、だれかが運んでやればいい。ともかく、行かないと」

「どうやって？　どうやったらいいか方法を言ってくれたら、そうするさ。今まで考えていないとでも思ってるのか？」おじいちゃんが言うと、父さんは黙《だま》ってしまった。

「もしかしたら」母さんが静かに口を開いた。「もしかしたら、子どもたちをだれか別の人に変装《へんそう》させればいいかもしれない」

「どういう意味だい？」おじいちゃんが聞いた。

「わからない。思いついたことを言っただけですもの。ただ、子どもの頃聞いたお話があるわ。ひとつ目の大男の話。洞穴に大勢《おおぜい》の人間がいて、大男は人間が出て来たら食べようと待っているの。洞穴には人間といっしょにヒツジもたくさん隠《かく》れている」

「ああ、思い出した」父さんが言って、先を続けた。「ヒツジが洞穴《ほらあな》から出て来た時、その腹《はら》の下に一人ずつ人間が隠《かく》れていて、大男に見つからなかった。まさか、おまえが言いたいのは……」

「もちろん、違《ちが》うわ」母さんが言った。「でも、ヒツジにはヒツジ飼《か》いが必要でしょ？　暖《あたた》かい春だもの。山の上の牧草地には、草がたくさんのびているでしょう。ざっと数えても、この村にはヒツジが二千頭いる。ウシは百頭。馬が五十頭ぐらい。それから、おじいちゃんのブタもいる。時期を選べば、ちょうどいい時期を選べば、夏を過《す》ごすために、家畜《かちく》たちを山に連れて行くことができる。ヒツジ飼いの子どもが何人か増《ふ》えていたって、だれも気が付かないでしょう？　そうして、山の小屋まで登ってしまえば、おじいちゃんがいつも言っているように、あそこからスペインはすぐそこで、スペインまでつばが飛ばせるほどだって」

みんなは、感心したように母さんの顔を見た。

「ちょっと思いついただけ」

第八章

　自分の家の台所にオルカーダさんが座《すわ》り、まわりでおじいちゃんが世話を焼いているのは、不思議な光景だった。母さんとオルカーダさんは、まだ打《う》ち解《と》けないようだったが、悪い感情《かんじょう》はなさそうだった。父さんが説明する計画を、オルカーダさんは熱心に聞いていて、説明が終わると椅子《いす》にもたれて鼻にしわを寄《よ》せて言った。「どうだろうねぇ。よくわからないが、話す人が多くなるほど危険《きけん》が大きくなるように私《わたし》は思う。なのに、あんたは、村のみんなに話すと言うんだね」

「だが、わかるだろう、アリス」おじいちゃんが言った。「全員が知らなければ、この計画は実現《じつげん》不可能《ふかのう》だ。村のみんなに話さないといけないんだ。さもなければ、コンサートに全員参加してもらえないだろう？　それに、子どもたちに着せる服を、どうやって集める？　しかも、前の晩《ばん》、子どもたちを泊《と》めて、次の日に山小屋まで連れて行ってくれる家族がいくつも必要なんだ。あの子たちをよく知っているように振《ふ》る舞《ま》ってもらわないといけない。村のみんながわかっていなければ、うまく行かないだろう」

「それはわかったけど」オルカーダさんが言った。「でも、村の人間全員が信じられると は限《かぎ》らないだろう？　そこのところは、どうなんだい？　信じられない人はいないかい？ マダム・スーレは？　アルマン・ジョレは？」それには、だれも答えられなかった。「だれか一人が、おびえてしまったらおしまいだ。捕《つか》まったらどうなるか、だれでも知ってい るんだからね」

　母さんが口を開いた。

「オルカーダさんだって、知っていますよね。ジョーも、おじいちゃんも知っています。それでも、正しいと思うことをやめなかったじゃないですか」オルカーダさんが鋭《するど》い目つきで母さんを見た。母さんは続ける。「秘密《ひみつ》をもらす人はいないでしょう。だって、これをやりとげたら、それは洞穴《ほらあな》の子どもたちの命を救うためだけじゃなくて、私《わたし》たちみんなのため、村のため、村で育つ私たちみんなのためになるって、わかるでしょうから」

「そこが、この計画の要《かなめ》だよ、アリス」おじいちゃんが言った。「わかるだろう？　われわれは一蓮托生《いちれんたくしょう》だ。だから、村の全員が役割《やくわり》を果たさなければならないんだ。あの子どもたちのことを聞いたら、だれだって参加したいと思うだろう。村の中にはものわかりのいい人がいる。その連中が、みんなを巻《ま》き込《こ》んでくれるだろう」

「みんな、おびえるでしょう」母さんが言った。「おじいちゃんから、ジョーと、オルカーダさんと、洞穴の子どもたちの話を聞いた時に、私もおびえました。正直に言えば、今だって私はおびえています。でも、これはやらなければならないと私は思う。村のみんなも同じでしょう。きっとやってくれますよ」

オルカーダさんが母さんに微笑《ほほえ》みかけたと思うと、クスクス笑いながら言った。

「おまえさんは、根性《こんじょう》のある娘《むすめ》だったんだね。今まで知らなかったよ」

ジョーも、こんなに思ったことをまっすぐ口にする、決然とした母さんを見たことがなかった。

「さあ、やるのか、やらないのか、どうします？ 永遠《えいえん》に討論《とうろん》しているわけにはいかないから」父さんが言った。

オルカーダさんが父さんをじっと見て、深くため息をついて言った。

「やりましょう。神のご加護《かご》がありますように」

「アーメン」おじいちゃんが言った。

それから一時間ほどかかって、みんなで名前のリストを作った。

「村の全員に会って話す必要がある」父さんが言った。「まず最初は村長のムッシュ・サートル。それから、ラサール神父。神父の協力がなければコンサートはできないから、計画は中止だ。それから、オーダ先生に会って、月曜は学校を休みにしてもらわないといけない。子どもたちが必要だ。何よりも子どもたちが必要だ。村じゅうの子どもたちが」

ミサの時、ラサール神父がコンサートの開催《かいさい》を知らせた。村人はもうみんな知っていて、予期していた。もちろん、ドイツ兵は知らなかった。神父は、ヴァイスマン中尉《ちゅうい》と並《なら》んで座《すわ》る兵隊たちに向かって、いつもの吟唱《ぎんしょう》のような低音で、しかも話し慣《な》れた人物らしく堂々と言った。「夏季の三か月間というもの、この小さな村では男性陣《だんせいじん》を失います。みなも知っているように、月曜から大移動《だいいどう》が、家畜《かちく》の季節移動が開始となります。男たちには長い、孤独《こどく》な、厳《きび》しい労働の始まりです。ここレスキュンでは、例年のことです。私《わたし》はここに長く住み、人生のほとんどをここで暮《く》らしてきました。だからこそ、季節移動を迎《むか》える最後の夜を、カフェで過《す》ごしたいという男たちの気持ちがわかります。それは否定《ひてい》しようと思っても、できません。ですから、何をおいてもカフェへお行きなさい。ただし、そのあとみなさんに、ここにいる全員に、この教会にもどってきていただきたいのです」

ジョーは、兵隊たちの席に目をやった。彼《かれ》らの顔に、少しでも疑《うたが》いが見えないかと注意する。だが伍長《ごちょう》が前のめりになって、ジョーに目くばせをしてきたので、あわてて目をそらした。

「伝道者は言う。空《くう》の空、空の空、いっさいは空である……」神父が大きく微笑《ほほえ》みながら胸《むね》に手を当てて続けた。「私はおおいなる虚栄《きょえい》を告白します。ご存知《ぞんじ》のとおり、私はこの教会のオルガンの前に独《ひと》り座り、長い時間を練習に費やしています。今練習しているのは、これまで書かれた中で世界一偉大《いだい》なオルガン音楽であり、ドイツの音楽家によって書かれたものであります。ヨハン・セバスチアン・バッハ。けれど、練習だけでは充分《じゅうぶん》ではありません。音楽は演奏《えんそう》されなければ意味がありません。演奏を聞いてもらわねばなりません。これまでも時おりリサイタルを開いてきましたが、今晩《こんばん》、季節移動の前夜を祝ってささやかなコンサートをしたいと考えています。つきましては、みなさんにお集まりいただきたい。ここにいる全員です。男も、女も、子どもも。バッハを聴《き》くのに、年齢《ねんれい》は関係ありません」神父は説教壇《だん》から乗り出し、聴衆《ちょうしゅう》に視線《しせん》を向け、指を立てて付け加えた。「欠席する人がいれば、私にはすぐわかることをお忘《わす》れなく」それには、笑いが起きた。そのあと神父は、ヴァイスマン中尉に直接《ちょくせつ》語りかけた。「中尉、今言ったように、演奏するのはドイツの音楽です。あなたがどんなにバッハがお好きかを知っていますし、彼《かれ》の音楽は神の栄光をたたえるために書かれたものです。私たちと、あなた方の神です。みなさんもどうぞお越《こ》しください。カトリックでも、プロテスタントでも、どなたでも歓迎《かんげい》します。実際《じっさい》、中尉さん、全ドイツ駐屯兵《ちゅうとんへい》に、一人も欠けずにご参加いただきたいと思っています。

期待していいですね、中尉《ちゅうい》？」

中尉は微笑《ほほえ》んでうなずいた。

「ありがとうございます、中尉。全員のお席を確保《かくほ》しましょう。コンサートは、午後八時開始。ですから、外出禁止《きんし》のずっと前に終わります」

みごとな演説《えんぜつ》だった。

今まで、ラサール神父のコンサートには、あまり人が集まらなかった。けれど、その晩《ばん》の教会は、ジョーが見たこともないほどの満員だった。しかし、八時五分前になっても、ドイツ兵はまだ来ない。隣《となり》に座《すわ》ったジョーの手を、母さんの手がきつく握《にぎ》った。母さんを安心させたかったし、自分も安心したくて、ジョーはその手を握り返した。きっと来る。来なければならない。ジョーの反対側の隣に座っているクリスチナは、足をぶらぶらさせて、親指をしゃぶっている。教会の中は、期待に満ちて静まり返っていて、ささやき声も、咳《せき》も聞こえない。ジョーは首をのばして後ろをふりかえった。塔《とう》の鐘《かね》が鳴りはじめ、八時を打った。ラサール神父が聖具室《せいぐしつ》から登場して、来ているはずの兵隊たちの席が空なのを見た。どうしたら良いか、わからないような表情《ひょうじょう》だった。

ところが、ちょうどその時、わきの下に帽子《ぼうし》をはさんだ中尉が教会に入ってきたではないか。その後ろに、ドイツ兵たちが続く。ほっとした人々のため息が聞こえるようだった。

神父がオルガンの前に座る時、ジョーは兵隊の人数を数えていた。二十二人。全員が来ている。最後に席についたのは、村長とユベールだった。ジョーの前の席に二人が座ると同時に、背後《はいご》で教会の扉《とびら》が閉《し》まった。

オルガンの最初の音が、教会に響《ひび》き渡《わた》ると、ジョーの身体はぞくっと震《ふる》えた。喜びからか、安心からか、どちらかわからない。ジョーの席からは、前後に揺《ゆ》れるラサール神父の頭と、小刻《こきざ》みにペダルを踏《ふ》む足のかかとしか見えない。クリスチナのような幼《おさな》い子どもたちでさえ、オルガンの演奏《えんそう》に引《ひ》き込《こ》まれた。ユベールなどは口を開け、頭を振《ふ》って聴《き》き入っている。けれどジョーは、時計から目が離《はな》せなかった。確実《かくじつ》に一時間は必要だ。村の通りを警備《けいび》する兵隊がいない一時間。洞穴《ほらあな》から子どもたちを連れてきて、それぞれ割《わ》り当《あ》てられた家に隠《かく》すまでの一時間。ジョーは伍長《ごちょう》を盗《ぬす》み見た。その目は教会の天井《てんじょう》を見上げ、リズムに合わせて指でひざをたたいている。

長い時間がたったと思った頃《ころ》、九時の鐘がオルガンの演奏を邪魔《じゃま》するように鳴り始めた。それでもラサール神父は、演奏を続けている。かなりの人がもぞもぞしたり、咳をし始めた。演奏に繰《く》り返《かえ》しが多くなり、集中できずに落ち着かなくなってきたのだ。ジョーがヴァイスマン中尉の方を見ると、腕時計《うでどけい》を見て、隣の席の伍長と小声で何か話している。伍長は肩《かた》をすくめて微笑むとハンカチを取り出し、大きな音を立てて鼻をかんだ。

「神父さん、演奏を続けてください」ジョーは心で願った。「どうか、続けて。続けてください」

ユベールがもぞもぞ身体を動かし、双眼鏡《そうがんきょう》で教会の中を見始めたので、父親がその手首をつかまえて下におろさせた。ユベールは、容易《ようい》なことでは止めさせられない。また双眼鏡を目に当てて、ラサール神父を、次には兵隊たちを一人ずつながめ出して、見ていた人たちを喜ばせた。

九時半近くになって、演奏は最後のクレッセンドに高まって終わり、あとには教会全体が振動《しんどう》するかのような静寂《せいじゃく》が残った。村長とユベールを始め、聴衆《ちょうしゅう》は熱狂的《ねっきょうてき》な拍手《はくしゅ》を送り、ラサール神父があいさつに立った。神父は両手を上げ、肩《かた》をすくめて言った。

「予定より遅《おそ》くなって、申《もう》し訳《わけ》ありませんでした。では、おやすみなさい、みなさん。神のご加護《かご》がありますように」

ヴァイスマン中尉《ちゅうい》が手を振《ふ》って、村長に何かを言うと、村長がうなずいてみんなに向かって声をあげた。

「中尉からの言葉を、お伝えします。みなが安心して家に帰ることができるように、今夜に限《かぎ》り、外出禁止《きんし》は三十分遅《おく》らせるそうです。十時までには、各自家にお帰りください」

ジョーは、教会の外の群衆《ぐんしゅう》を踊《おど》るような足取りでかき分け、家まで走って帰った。帰ってみると、父さんとおじいちゃんが台所のテーブルについていた。おじいちゃんはワインをグラスに注《つ》いでいる。

「みんな、来てる？」ジョーが聞いた。

「納屋《なや》の藁棚《わらだな》にいるよ。三人とも」おじいちゃんが言った。

「全員連れて来た？」ジョーが聞く。

「全員だ」父さんが答えた。「それぞれ、割《わ》り当《あ》ての家にいる。一時間で終わったよ」

ジョーは、納屋の奥《おく》のはしごを上って、藁棚の戸を開けた。

「ジョー？」暗闇《くらやみ》から、ベンジャミンの声がささやいた。「ジョーなのかい？」

「ぼくです」そう言って、ジョーは棚にあがった。

「リアはぐっすり眠《ねむ》っている」ベンジャミンが言った。暗闇に目をこらすと、ベンジャミンに寄《よ》りかかり、そのひざに片手《かたて》をかけて丸くなっているリアの影《かげ》が見える。

「ぼくは、起きてる」藁をかき分けて、マイケルが這《は》い寄って来た。「ほら、これを持ってきてあげたよ」マイケルはジョーの手の中に、何かを押《お》し付けてきた。「きみが、いつも欲《ほ》しがってた物さ。ずっと取れなかった物。ぎゅーっと握《にぎ》ってろよ。そうすれば、幸運を持ってきてくれる」マイケルが言った。それは、チェスの駒《こま》だった。白の女王。

「マイケルに言ったんだよ、ジョー」ベンジャミンが言った。「明日は、ジョーはおまえの兄弟だぞって。そしたら、こいつが、何て言ったと思う？　ジョーが本当の兄弟なら、もっとチェスを教えてやるのにだと。もっと強くなるように」

ジョーは、一瞬背後《いっしゅんはいご》の窓《まど》の明かりに浮《う》かんだベンジャミンの顔を見つめた。

「ひげをそったの？」

「ジョーの父さんに言われたんだ」ベンジャミンがあごをさすりながら言った。「この村の住人のふりをするなら、そう見えるようにしないといけないって。このあたりには、赤いあごひげを生やした人がいないようだな。だから、仕方なくそったよ。ひげがないと、裸《はだか》でいるようで、少し寒い。しかし、またのびるからな。のばさないと、アーニャが来た時に、おれだとわからないだろう」

「じゃあ、ここに残るんですね？」ジョーが聞いた。

「そうさ。無事に子どもたちを国境《こっきょう》の向こうに届《とど》けたら、もどってくる」ベンジャミンはそう言うと、ジョーの肩《かた》に腕《うで》を回した。「ジョー、今までに増《ま》して感じてるんだ。アーニャが何とかここまでたどり着くに違《ちが》いないって。前におれが足首を傷《いた》めた時、言ったことをおぼえてるかい？　雪が降《ふ》り出して、希望が見えなくなっていた時。何て言ったか、おぼえてる？　ただ待って、祈《いの》ろう。そう言った。待って、祈って、その結果今おれたちはここにいる。明日こそ、神のご意思により、子どもたちはスペインに入り、ようやく安心して暮《く》らせるようになる。だから、おれは洞穴《ほらあな》でアーニャを待ち続けるよ。そして、祈り続ける」

台所にもどると、家族がみんな集まっていて、父さんがクリスチナの両手を持ってひざまずいている。父さんは、我慢《がまん》の限界《げんかい》のような声で、話しかけている。

「ロバのことは忘《わす》れてくれ、クリスチナ。ただ、ジョーといっしょにいることだけ忘れないで。ジョーが手をたたいたら、おまえもたたく。そしてロウフがするように、ヒツジを追いかける。それから、だれかにリアというお姉ちゃんがいるかとか、マイケルというお兄ちゃんがいるかと聞かれたら？　わかってるね？」

「でも、あたし、お姉ちゃんなんていないもん」クリスチナが言った。「それに、お兄ちゃんはジョーよ」

父さんはあきらめて、母さんと交代した。「うそっこならいいでしょ、クリスチナ。明日だけ、うそっこのお姉ちゃんのリアと、うそっこのお兄ちゃんのマイケルがいるの。あなたは、二人のめんどうを見てあげてね。口答えはなし」

「でも、ロバに乗っていい？」クリスチナの言葉に、みんなが笑った。

クリスチナが寝室《しんしつ》に連れて行かれると、父さんは椅子《いす》の上でのびをし、おじいちゃんは今日の最後のタバコに火を点《つ》けた。おじいちゃんは、いつも今日最後のタバコと言って、寝《ね》る前に何本も吸《す》う。おじいちゃんが口を開いた。

「いかにも言いそうだと思うことを言う人間って、いるものだよな。アルマン・ジョレに話をした時、何て言ったと思う？　しかるべき補償《ほしょう》が必要だと。補償だとさ！　あいつ、こう言ったんだ。みんなといっしょに行くには、店を一日閉《し》めなくてはならない。それは大損害《だいそんがい》だと。怒《おこ》ったダチョウのように、あごの下の肉を震《ふる》わせて言ったよ。見せたかったな」

「お金ね。あの人の頭には、お金のことしかないのね」母さんが言った。

「学校のオーダ先生とは、ほとんど話したことがなかったんだが」父さんが話しだした。「ずっと変人だと思っていたが、違《ちが》ったよ。素晴《すば》らしい人だ。おれが計画を説明して、全校生徒を休ませてほしいと言ったら、しばらく考え込《こ》んでいた。これは断《ことわ》られるなと、思ったよ。どこにでもいる、情《なさ》けないおいぼれのように見えたから。ところが、ジョー、先生が何て言ったと思う？　『子どもたちは、その一日で多くのことを学ぶでしょう。私《わたし》が一生かかっても教えられないことを』だそうだ。『あなたといっしょに行動する以上に大事なことはありますまい』そう言ったよ。『何があろうと、だれ一人として、明日という日を忘《わす》れる者はないでしょう』って」

その夜ジョーは、眠《ねむ》ろうなどと考えもしなかった。眠るなんてできない。頭の中で、何度も何度も計画のことを考えた。ドイツ兵の目から見たらどうだろうと、想像《そうぞう》してみた。何もかも普通《ふつう》に見えるだろうか？　家畜《かちく》の大群《たいぐん》に混《ま》じって、村の子ども以外の子どもたちがいるのに、気づくだろうか？　ベンジャミンの顔を見て、村人ではないとわかるだろうか？　きっとうまく行くに違いない。ドイツ兵たちは、見たままを信じるだろうと、自分を納得《なっとく》させそうになった。けれど、夜がゆっくり過《す》ぎる間に、恐《おそ》ろしい疑問《ぎもん》が浮《う》かんできたのだ。ずっと前に伍長《ごちょう》が言った言葉が蘇《よみがえ》った。自分はバイエルンの、山に囲まれた地方の村の出身だと言っていた。「レスキュンと同じような村」伍長は、そう言った。そうだ。レスキュンと同じような村なら、伍長は知っているに違いないとジョーは思った。家畜を追うのに、何十人もの子どもは必要ない。何人かの男と、牧羊犬が何匹《びき》かいれば足りる。それに、家畜は、別々の群《むれ》を作って移動《いどう》させることも知っているだろう。何もかもいっしょの大群を作ることはしないと。伍長の目をとおして考えれば考えるほど、ジョーは不安になった。明け方には、いくつもの疑《うたが》いがつきまとって、ジョーの希望を打ち砕《くだ》いた。ジョーは、こみあげる深い怖《おそ》れとともに、その日の朝を迎《むか》えた。

朝ごはんの食卓《しょくたく》で、母さんの目の中に、自分と同じような怖れを見た。父さんとおじいちゃんは、どっちが子どもたちといっしょに小屋に隠《かく》れて山越《やまご》えをするかで、まだ言い合いを続けていた。おじいちゃんは言う。自分は健康だし、父さんは咳《せき》で、居場所《いばしょ》が知られる危険《きけん》がある。父さんは言う。自分の方が若《わか》いし、山を知りつくしている。二人でいっしょに行こうという案に落ち着きそうになった時には、母さんが反対した。二人とも捕《つか》まる危険に身をさらすなんて、馬鹿《ばか》げていると。結局、父さんが主張《しゅちょう》を通すことになった。

リアとマイケルは、村の子どもの服を着せられて落ち着かないようだったが、黙《だま》ってムシャムシャと朝ごはんを食べていた。クリスチナは、そんな二人をじっと見ていて、自分は朝ごはんはいらないと言った。

「さあ、時間だ」父さんが言うと、ベンジャミンがコーヒーを飲み終えて立ち上がった。

「みなさん」ベンジャミンが口を開いた。「ほとんど他人の私《わたし》ですが、出発に際《さい》してみなさんにお伝えしたいことがあります。みなさんから村じゅうの方々にお伝えください。みなさんがしてくださったこと、これからしてくださることについてお礼を申し上げますと。成功するにせよ、失敗するにせよ、この小さな村で起きたことは、民衆《みんしゅう》の力、人々の心からの思いやりの力を止めることは、だれにもできないという大きな証拠《しょうこ》となるでしょう。しかしながら、私には残念でならないことがひとつあります。私の小さなアーニャが、ここにいないことです。けれど、あの子が来た時には、私からこの話をしてやります。何度も何度も繰《く》り返《かえ》し話して、あの子が自分の子どもたちにも語れるようにします。こうした経験《けいけん》は、忘《わす》れ去られてはなりません。お許《ゆる》しをいただけるなら、お祈《いの》りをしたいと思います。私たちユダヤ人が、シナゴーグを出る前に唱えるお祈りです」そしてベンジャミンは目を閉《と》じた。

「主は、地のすべての王となられる。その日には、主はただ一人、御名《みな》もただひとつとなる」

ロウフはストーブのわきで、敷物《しきもの》になったように寝《ね》そべっていて、わきにしゃがんだリアが頭をなでていた。リアは、身体をかがめてロウフにキスをした。

「ジョー」父さんが言った。「ロウフを起こさないといけない。こいつなしでは、ヒツジを動かせないから」

ジョーが口笛を吹《ふ》くと、あきらめたような顔つきでロウフが起き上がった。ロウフが大あくびをしたのでリアは笑い、のびをして身体をブルブル震《ふる》わせると、リアはしりもちをついた。やがてロウフはみんなの先に立って、家から前庭へと出て行った。

村の通りは、もうヒツジの立てる音で騒然《そうぜん》としていた。ヒツジが首につけた鈴《すず》の音と鳴き声の不協和音。低音部は、ウシとロバのハスキーな合唱。最初の群《むれ》が目の前を通り過《す》ぎていく。ローランが棒《ぼう》を手にヒツジたちを追っている。その後ろから大きな荷を積んだロバが、小石の道を優雅《ゆうが》に歩いてくる。行き過ぎる時、ローランが片目《かため》をつぶって、ジョーに笑いかけた。役割《やくわり》を楽しんでいるようだ。洞穴《ほらあな》の子ども二人がいっしょにいる。どこからどう見ても、まわりにいる村の子どもたちと同じだ。村の子どもと同じように小枝《こえだ》や棒《ぼう》を持っている。村の子どもと同じように口笛を吹《ふ》き、声をあげ、手をたたいている。その後ろから、ウシの群《むれ》がふたつ通った。ジョーが見たところ、少なくとも五人の洞穴《ほらあな》の子どもが混《ま》じっている。

いよいよジョーたちの番だ。ユベールが塀《へい》の上に座《すわ》って、笑いながら、囲いのヒツジを集めるジョーたちを指さしていた。ジョーがユベールに門をあけろと叫《さけ》び、ヒツジに向かって腕《うで》を振《ふ》り口笛を吹いた。それを見てマイケルもすぐに夢中《むちゅう》になって、まねをした。やがてベンジャミンもヒツジ飼《か》いに加わると、リアも同じように夢中になって、仲間に加わった。道へ出て行く時、ジョーはふりかえって、おじいちゃんと父さんに手を振った。二人は、ロバとブタといっしょにあとから来ることになっている。

広場に着いた時には家畜《かちく》の群同士が団子《だんご》状態《じょうたい》になって繋《つな》がり、広場に続く道はすべてヒツジやウシで埋《う》まっていた。騒音《そうおん》は耳を塞《ふさ》ぐばかりだった。絶《た》え間《ま》ない家畜の鳴き声と、子どもたちの叫び声、口笛、犬の吠《ほ》え声《ごえ》。その時、一匹《ぴき》のヒツジがムッシュ・サートルの玄関《げんかん》に飛び込《こ》んで行くのが見えた。そのあとに牧羊犬が一頭続く。続いて目の前で起きた光景は、今までに見たことがないほどジョーをおびえさせるものだった。ドイツ兵が三人、戦没者記念碑《せんぼっしゃきねんひ》のわきの塀の上に立っている。そのうち一人は伍長《ごちょう》だ。何も見逃《みのが》すまいと、広場を通る動物と人間を、そこから見下ろしている。ジョーは顔をそむけて、さらに大声を出してヒツジを追った。一頭のメウシがカフェの壁《かべ》に身体をこすりつけて、兵隊たちを笑わせた。ベンジャミンは、父さんに言われた通りにうつむいて歩いているが、ジョーから見ると硬《かた》くなって、ヒツジの追い方に力が入り過《す》ぎている。その時、リアがベンジャミンの腕にすがりつくのが見えた。ドイツ兵のすがたがリアの目に入ったのか、恐怖《きょうふ》にかられた大きな目で見上げている。伍長は、まっすぐリアを見ているし、ヒツジはまったく動かない。ジョーには、どうすることもできない。後にも、前にも、まわりじゅうにヒツジがいて身動きできない。伍長は塀からおりて、しきりに何かを調べている。何かに気が付いたに違《ちが》いないと、ジョーは思った。

なぜそのタイミングでユベールがおどけ始めたのか、わからなかったが、その時ユベールがヒツジをかきわけて現《あらわ》れると、狂《くる》ったように飛び跳《は》ねだした。両腕を振り上げて、クマのようなうなり声をだしてヒツジをおどかす。伍長が笑って指さすと、他のドイツ兵たちも笑い出した。それを見てユベールがさらに激《はげ》しくクマのまねをする。ユベールの周りのヒツジがパニックになり、互《たが》いに押《お》し合いへし合いしているうちに、ついにごちゃごちゃになったヒツジの群が動き出し、パン屋まで行った。ジョーは一頭のヒツジを追うふりをして、リアの後ろに回り込んだ。こうすれば、リアとドイツ兵たちの間に立つことができて、リアも、ドイツ兵も、お互《たが》いが見えなくなる。広場を出るまで、ドイツ兵の方を見なかったが、ようやくふりかえると、伍長《ごちょう》がまっすぐこちらを見ているではないか。ジョーはあわてて目をそらすと、またヒツジを追った。

やがて、混然《こんぜん》とした家畜《かちく》の行列は、ゆっくりと村をぬけて、その向こうの丘《おか》にのぼりはじめた。行く手は、ぐるりと囲むように山々がそびえている。一行に、活気と安堵《あんど》の気分があふれた。計画は成功した。洞穴《ほらあな》の子どもたちは、気づかれずにドイツ兵の鼻の先を通りぬけたのだ。最悪の部分は終わった。ロウフでさえ勝利を感じとったようで、自分の尻尾《しっぽ》を追いかけてまわった。最近では、よほど嬉《うれ》しい時しかやらないのに。けれどもジョーは、そんな喜びに浸《ひた》ることができずにいた。山の上の牧草地と山小屋に着く前に、警備隊《けいびたい》に会う心配が捨《す》てきれない。さらに悪いことに、あの伍長には何が起きているか、わかるかも知れないという思いが頭から離《はな》れない。感づいたような目つき。伍長は、そんな目つきをしていた。

「お祝いか、お祭りのように見せよう。慌《あわ》てずに、楽しもう」父さんが言っていたので、みんなは、その通りにした。昼には高台に着き、村人たちは川のほとりでピクニックを楽しみ、家畜たちは新鮮《しんせん》な草をむさぼった。草を求めて歩き回る必要もないので、遠くまでさ迷《まよ》うことはない。

洞穴《ほらあな》の子どもたちばかりで固まらないようにするのは、予想通り難《むずか》しかった。ベンジャミンは必死に子どもたちを説得して、急仕立ての家族といっしょにいるよう言ってまわった。だが、ベンジャミンの努力もむなしく、どうしても互いに引《ひ》き寄《よ》せられるようだった。原因《げんいん》は言葉の壁《かべ》とは思えなかった。なぜなら、洞穴の子どもの中にもフランス語を話す子は何人かいたから。どうやら、本能的《ほんのうてき》に距離《きょり》を取ってしまうようだった。

四人の子どもを背中《せなか》からぶら下げたユベールが川を渡《わた》ってすがたを現《あらわ》すと、それが一変した。村の子どもと洞穴の子どもは、共通の楽しみを見つけて一体化したのだ。大男のユベールをかがませたり、動かしたりするには、全員が力を合わせなければならない。ユベールの身体の上によじ登る時、彼《かれ》らはみんなひとつの目的のための同志《どうし》になった。マイケルとローランがユベールの片足《かたあし》にしがみついて、振《ふ》り落とされた。いっしょに転がり落ちてゲラゲラ笑いながら、また大さわぎしてもどって行くのだった。

午後の登りは、速度が落ちた。山道は急で、道幅《みちはば》が狭《せま》く、曲がりくねり、ヒツジは一列ずつしか通ることができない。ブタは登り道を嫌《いや》がって、何度も逃《に》げようとする。ウシたちもうんざりしていた。子どもたちも、最初にあった冒険《ぼうけん》への熱を失っていた。ももや足の裏《うら》が痛《いた》くて、馬やロバに乗せてもらう子が増《ふ》えた。どの馬も、ロバも、最低一人ずつ子どもを乗せることになった。クリスチナはリアといっしょにロバに乗ると言ってきかなかった。マイケルの足は、つまずいて転ぶまではもったが、転んだあとは足をひきずるようになり、それにユベールが気が付いた。ユベールはマイケルを岩の上に座《すわ》らせて、その前にしゃがんだ。マイケルはユベールの背《せ》に乗り、それからずっとおぶってもらった。

ようやくみんなは山頂《さんちょう》の放牧場に着いた。馬が最初で、次にヒツジ、ウシと続き、最後にしぶしぶブタが続いた。そこに混《ま》じって、動物たちを連れて来た百人ほどの男と女、そして子どもたちがいた。疲《つか》れ果てた動物と人間は、並《なら》んで、静かに寝転《ねころ》んだ。そして、小屋の横の泉《いずみ》や、そこから流れる小川の水でのどを潤《うるお》した。マイケルとジョーも、両手を器にして、泉から何度も何度も水を汲《く》み、それ以上飲めないほど飲んだ。ジョーが顔を上げた時には、洞穴《ほらあな》の子どもたちはみな、小屋の中に入っていた。「行こう」ジョーが言って、二人は立ち上がった。

「あそこは、スペイン？」マイケルが、山々の頂上を指さして聞いた。

「そう、スペインだよ」ジョーが言った。二人は小屋の戸口の前で別れた。

「ぼくの女王を失《な》くさないでね」マイケルはそう言って、他の子どもといっしょに小屋に入って行った。

ジョーが後ろをふりかえると、ベンジャミンがリアと並《なら》んで立っていた。

「ジョー、それじゃあ、また会おう」ベンジャミンが言うと、リアが背のびをしてほおにキスをした。そして、小屋に入った。小屋の中から父さんの声がする。「これで全員かな？人数を数えた？」

「全員います。あとは、暗くなるまで待つだけだ」ベンジャミンが言った。

父さんが小屋から出て、扉《とびら》を閉《し》めた。

「さあ、ジョーは山を下りて家へ帰るんだ」そう言った父さんが、口を開いたまま固まった。ジョーの肩越《かたご》しに何かを見ている。ジョーはふりかえって見た。木々の間から近づいてくるのは、三人のドイツ兵。もう、みんなの目に、そのすがたが見えた。村人はだれ一人身動きしない。だれ一人声をあげない。三人の真ん中にいるのは、間違《まちが》いなく伍長《ごちょう》だ。

第九章

息を切らしながら伍長《ごちょう》が言った。

「若《わか》くない者には、きつい登りだ。ブタもいっしょに連れてきたんですね？」

「チーズを造《つく》る時に出るホエーで、太らせるんです」父さんが言った。「無駄《むだ》がなければ不足もないと、昔から言いますから」

「なるほどね」伍長が言って、周りを見まわした。「家畜《かちく》の季節移動《いどう》というものは、どこの国でもやっているんでしょうな。ですが、私《わたし》の故郷《こきょう》では、ウシと馬だけを移動させます。故郷の馬は、ほとんどこちらの馬と同じですが、小型で黄色いタテガミと尻尾《しっぽ》を持った、ハフリンガーと呼《よ》ばれる種類のもいます。みなさんと同じように、夏の間は山の上の牧草地に連れて行きます。ただし、私の故郷では同じ日に登るわけではありませんが」

「今夜には、家ごとに家畜を分けます。そうして、それぞれ自分たちの牧草地に連れて行きます。ヒツジ飼《か》いは、家ごとに自分の牧草地を持っていますのでね」父さんがすぐに説明した。早すぎて不自然だと、ジョーは思った。

伍長はうなずいて言った。「なるほど」そして、父さんの小屋をまっすぐ見ながら続けた。「なるほどね。私の故郷では、家畜を追って山へ登るのは、男だけです。もちろん、牧羊犬もいっしょですが。女や子どもは登りません。こちらでは、村総出《そうで》でなさるのですね」

ユベールが伍長に駆《か》け寄《よ》ってきて、一メートルの距離《きょり》から双眼鏡《そうがんきょう》で伍長を見始めた。伍長は微笑《ほほえ》んで、双眼鏡に向かって片目《かため》をつぶって見せた。「やあ、ユベール」そうあいさつしたが、まだ小屋に注意を向けているのがジョーにはわかった。「あなたはここでひと夏を過《す》ごすのですね？」

父さんは小屋の扉《とびら》に寄《よ》りかかって、答えた。「その通りです」

「こちらで、水を補充《ほじゅう》させていただいてよろしいでしょうか？」伍長が聞いた。

「どうぞ」父さんが言った。

「ハンス」伍長が兵隊の一人に呼びかけ、自分の水筒《すいとう》を渡《わた》して泉《いずみ》を指し示《しめ》した。そして、また父さんに向き直る。「それでは、何もかも一人でなさるのですね？　乳《ちち》しぼりも、ヒツジの番も、チーズ造《づく》りも」

「何もかも」父さんは答えながらも、泉に近寄って水を汲《く》む兵隊から目を離《はな》さずにいる。

「一週間に一度は、ロバにチーズを積んで村におります。食料と必要な物を持って、夕方の乳《ちち》しぼりの時間までにはここにもどりますがね」

その時、窓《まど》のよろい戸が一枚《まい》風にあおられ、きしむ音をたてて開いた。泉《いずみ》のほとりにいる兵隊がそちらを見上げ、もう一度目を細めて見つめた。兵隊は水筒《すいとう》の栓《せん》を閉《し》めて立ち上がったが、蝶番《ちょうつがい》でぶら下がったよろい戸がバタバタするのを気にしている。やがて、そちらへ足を向けようとした。その瞬間《しゅんかん》、その場の全員が固まった。

「それは大変なお仕事ですね」伍長《ごちょう》の言葉を、父さんは聞いていない。父さんの顔は凍《こお》り付いている。ジョーはポケットの中の女王の駒《こま》をさぐって握《にぎ》りしめた。目に涙《なみだ》が浮《う》かぶほど強く、ギュッと。伍長を見ると、二人の目が合った。その瞬間、伍長が何かを理解《りかい》し納得《なっとく》した。ジョーは、そう感じた。

「ハンス」伍長が兵隊を呼《よ》んだ。ハンスは、しぶしぶ窓から伍長に視線《しせん》をもどしたが、また窓を見る。「ハンス」伍長が、さっきより静かに呼《よ》びかけた。「コメン　ジィー　ツレーク（もどって来い）。ニヒィツ　ダー（何もない）」ハンスと呼ばれた兵隊は、肩《かた》をすくめてもどって来た。すると伍長が父さんに話しかけた。「あのよろい戸は、直したほうがいいですね。さもないと、最初の嵐《あらし》で吹《ふ》き飛んでしまいますよ」そのあと、村人みんなに向かって話しかけた。「ヴァイスマン中尉《ちゅうい》に言われて、みなさんを村まで護衛《ごえい》してもどるために来ました。そろそろ、帰路についたほうがよろしいでしょう。みなさん、外出禁止《きんし》時間までにはお宅《たく》に帰っていなければなりませんから」

繰《く》り返《かえ》し言われる必要はなかった。それぞれの男たちに別れを告げるために家族は少しの時間集まったが、すぐに兵隊のあとに続いて、ブタ飼育場《しいくじょう》とロバの小屋を過《す》ぎ、樹木《じゅもく》限界線《げんかいせん》の方へと山をおり始めた。ほかのヒツジ飼《か》いに囲まれて小屋の扉《とびら》の前に立つ父さんに、ジョーは最後に目をやったが、すぐに岩が邪魔《じゃま》をして、そのすがたは見えなくなってしまった。

山をおりる間じゅう、クリスチナを肩《かた》に乗せたユベールが、ジョーの隣《となり》を歩いていた。だれも、ひと言もしゃべらなかった。兵隊たちは村人の先頭に立って歩いたが、時折彼《かれ》らが追いつくのを待って足を止めることがあった。ジョーは伍長のすがたを目でさがした。伍長は他の者に背《せ》を向け、足元の草を引《ひ》っ張《ぱ》りながら一人で腰《こし》をおろしていた。ユベールが伍長の隣に行って座《すわ》り、組んだ親指の間から草の葉を吹《ふ》いて騒々《そうぞう》しい音を出す遊びをして見せていた。けれど、伍長は何かに気をとられているようで、全然興味《きょうみ》を示《しめ》さない。しばらくするとユベールは立ち上がって、一人で草笛を吹きならしに行ってしまった。その時ジョーは、伍長のそばに行ってお礼を言いたくてたまらなかった。村のみんなに、伍長がしてくれたことを知らせたいと思った。ジョーが知っていることを村の人たちが知ったら、みんなで伍長《ごちょう》を胴上《どうあ》げして村まで帰るだろうに。

村に着くと、村人たちはそれぞれの家に飛び込《こ》んで、成功を知らせた。各家で同じ話が語られるのが、目に浮《う》かぶようだった。洞穴《ほらあな》の子どもたちは、今夜国境《こっきょう》を越《こ》えるだろうと。小屋の前では際《きわ》どかったが、幸運に恵《めぐ》まれたと。あとは、すべてが計画通りに運んだと。ジョーたちが家に帰ったとたんに、おじいちゃんが母さんに話したのも、その通りの話だった。

「あの兵隊に、ほんのひと目窓《まど》の中を見られたら」おじいちゃんが言った。「一巻《いっかん》の終わりだった。今思い出すだけでも、ぞっとする。あの時伍長が兵隊を呼《よ》びもどしてくれなかったら、それからどうなったかは、神のみぞ知るだな」

「もしかしたら、今朝のベンジャミンのお祈《いの》りのおかげかもしれないわね」母さんが言った。

「そうだな」おじいちゃんも言った。その瞬間《しゅんかん》、ジョーは口を開きかけたが、思いとどまった。伍長の行動は、ジョーのためにしてくれたことだ。とても個人的《こじんてき》なことだし、ジョーと伍長の間だけのことだから、だれにも言ってはならない。絶対《ぜったい》に。

家畜《かちく》の季節移動《いどう》の翌日《よくじつ》は、村はいつでもがらんとして静かに、悲しい雰囲気《ふんいき》になる。けれど、学校は喜びに満ちていた。逃亡《とうぼう》のことは口に出して話してはならないと、みなは何度もきつく言われていた。けれど、子どもたちはあちこちで固まって、ひそひそと手柄《てがら》話《ばなし》を語りあっていた。ジョーは落ち着かなかった。それには理由があった。無事にスペインに入ったとの知らせを、明け方からひたすら待っていたのだ。段取《だんど》りは決めてあった。ベンジャミンが帰り次第、オルカーダさんが知らせに来ると。それなのに、まだ知らせがない。「便りのないのは、良い便り」おじいちゃんは、何度もそう言っていた。多すぎるとジョーが感じたほど何度も。

一時間目の授業《じゅぎょう》の間じゅうジョーは窓の外を見て、まずいことは何も起きていないはずだと自分に言い聞かせて過《す》ごした。だって、あの小屋と国境の間で、問題が起きるわけがないもの。「つばを飛ばせばスペインに落ちるほど、すぐそこだ」って、いつもおじいちゃんが言っているぐらいだ。ジョーはポケットの中の女王の駒《こま》をギュッと握《にぎ》りしめて、目を閉《と》じた。お祈りをしたかったが、できない。最悪の状況《じょうきょう》への恐怖《きょうふ》を否定《ひてい》したかったが、できない。ゆうべは真っ暗で、完璧《かんぺき》な夜だった。あの子たちを案内して国境を越えたのは、父さんだ。みんなは、足音が立たないよう、ガレ場を通らずに草地を行ったはずだ。スペイン側には待っている人がいて、子どもたちを迎《むか》えてくれるはずだ。ベンジャミンと父さんは、遅《おそ》くともゆうべの夜中には、小屋にもどっているだろう。父さんがそう言っていた。小屋で一時間か二時間休んで、下山に備《そな》える。山をおりたら父さんは川までベンジヤミンを送り、そこからベンジャミンは一人でオルカーダさんの家に帰る。まずいことがおきるわけがない。便りのないのは良い便り。神様、お願いだ。

「ジョー?」オーダ先生がジョーの机《つくえ》の前に来ていた。「ジョー、今朝のきみは、心ここにあらずのようだな。次に窓《まど》の外を見たら、千回目だぞ。きみが算数の名人じゃないのが救いだが……」

教室のドアがバタンと開いたかと思うと、戸口にユベールが立っていた。口を開き、なんとかして言葉を告げようと緊張《きんちょう》している。そして、懸命《けんめい》に手招《てまね》きする。

「みんな、席から離《はな》れないように」オーダ先生が言った。「すぐにもどります」けれどジョーは、先生より先に教室を飛び出していた。ユベールがジョーの腕《うで》を取って走り、村の広場へ向かう。着いたら洞穴《ほらあな》の子どもたちがいるのではないかとジョーは思ったが、広場は空だった。まわりの家の窓という窓からは村人が頭を突《つ》き出し、通りにいる人はみな首をのばして何かを見ている。ジョーが駆《か》けだそうとした時、だれかの手がきつく引き止めた。オーダ先生が隣《となり》に立っていて、その後ろには学校の生徒が通りを埋《う》めていた。マダム・スーレが、エプロンで手をふきながらパン屋の店から出て来た。そして、通りのようすを見ると、いそいで店に逃《に》げ込《こ》んでドアを閉《し》めた。次の瞬間《しゅんかん》、窓から見えたマダムの顔は真っ青だった。その時、ジョーにも見えた。

先頭に兵隊が一人。続いて両わきに兵隊が一人ずつ。その間に人がいる。まだだれだかわからない。わかったとたんに、ジョーの心臓《しんぞう》が凍《こお》り付いた。はじめは一人の人間に見えたが、実際《じっさい》は二人だった。それは、リアを抱《だ》いたベンジャミンだった。リアはベンジャミンの首に両腕をまわし、肩《かた》に頭を埋《う》めるようにしがみついている。ベンジャミンが立ち止まって、リアを下におろした。しゃがんでリアの服を直してやり、その間じゅうずっと話しかけている。やがてベンジャミンがリアの手を取って、広場にゆっくり入ってきた。広場は、黙《だま》り込んだ村人たちでいっぱいになっていた。駆けつける軍靴《ぐんか》の足音がジョーの後ろの方から聞こえる。ヴァイスマン中尉《ちゅうい》、伍長《ごちょう》、十人以上のドイツ兵が学校の生徒をかきわけるようにして、広場に入って行く。ドイツ兵は扇形《おうぎがた》に隊列を組んで、群衆《ぐんしゅう》を後ろに下げた。ヴァイスマン中尉が広場に入ると、一人の兵隊が敬礼《けいれい》で迎《むか》えた。話の内容《ないよう》は、ジョーにはまったくわからないが、「ユーデン（ユダヤ人）」という言葉が、何度も何度も繰《く》り返《かえ》されるのはわかった。中尉はベンジャミンに近づいてじっと見てから、リアを見下ろした。

「ユダヤ人か?」中尉が質問《しつもん》した。

ベンジャミンは微笑《ほほえ》んで、うなずいた。「はい、そうです」そう答える。「座《すわ》らせていただいても構《かま》いませんか？　この子はとても疲《つか》れています。私《わたし》も同じです」伍長がカフェの外から、椅子《いす》を二つ引《ひ》き寄《よ》せると、二人は手を握《にぎ》り合って椅子に腰《こし》をおろした。

ヴァイスマン中尉《ちゅうい》が回りを見回して言った。「ムッシュ・サートルはおられますか?」

村長のムッシュ・サートルが群衆《ぐんしゅう》の中から前に出た。中尉が話す。

「ムッシュ・サートル、この二名を今すぐ駅へ連行しなければなりません。駅まで歩けないでしょう。私《わたし》の馬は脚《あし》の具合が悪いので、馬かロバをお借りできないでしょうか?」

ムッシュ・サートルが頷《うなず》いて言った。「中尉さんが言われたことが聞こえただろう。ロバか馬が必要だ」声をあげる者は、だれ一人いなかった。「お願いだ。あの二人を歩かせたいのか?」

「私の馬をお使いください」オーダ先生が言って、ジョーを振《ふ》り向《む》いた。「連れて来てくれるね、ジョー?」オーダ先生の口調は、とても静かだった。「鞍《くら》がどこにあるか、知っているだろう?」ジョーは、ためらった。「連れてくるんだ」こんどのオーダ先生の声は厳《きび》しかった。

ローランがジョーに付《つ》き添《そ》った。「どうしたんだろう?」丘《おか》を駆《か》け上がりながら、ローランが言った。「何があったのかな?」

「わからない」ジョーが言った。「わからない」ジョーは、涙《なみだ》をこらえるのに必死だった。

二人は先生の馬のところに行くと、力をあわせて鞍をつけた。ローランがタテガミをおさえ、ジョーが馬ろくをつけた。

「あの二人をどうするつもりだろう?」ローランが言った。

「収容所《しゅうようじょ》だと思う」ジョーが言った。

広場に馬を連れて行くと、群衆が道を開けてくれた。ベンジャミンがリアの髪《かみ》をなでながら、真剣《しんけん》なようすで話しかけている。二人が顔をあげて、近づくジョーを見た。二人とも、ジョーを知っているそぶりを少しも見せない。ベンジャミンが椅子から立って馬にまたがるあいだ、ジョーが馬をおさえていた。伍長《ごちょう》がリアを抱《だ》きあげてベンジャミンに渡《わた》すと、リアはタテガミにつかまり、その身体にベンジャミンが腕《うで》をまわした。

「この伍長が、列車まで付《つ》き添《そ》う」中尉が告げた。

「そのあとは?」ベンジャミンが聞いた。

「それは、われわれの関知しないこと」中尉が言って、わきに避《よ》けた。

一人のドイツ兵がジョーから手綱《たづな》を受け取った。ジョーが見上げると、ベンジャミンが手を差《さ》しのべて言った。「ジェンクゥーヤ(ありがとうございました)」ジョーはその手を握《にぎ》った。「ジェンクゥーヤ」ベンジャミンがもう一度ジョーに言った。ほんの一瞬《いっしゅん》、リアの目とジョーの目が合った。

中尉が眉《まゆ》を寄《よ》せて聞いた。「この二人を知っているのか?」ジョーはかぶりを振《ふ》った。

「知るわけがありません」ベンジャミンが言った。「ここに知り合いはいません。われわれを知っている人はだれもいませんよ。この少年が馬を連れてきてくれたから、お礼を言ったまでのことです。ユダヤ人には、お礼を言うことすら、許《ゆる》されないのでしょうか？」

二人が連れて行かれるのを、ジョーは見ていた。広場を引かれて行く時、馬のひづめが敷石《しきいし》の上ですべっていた。一行は丘《おか》を下り、やがてすがたが見えなくなった。オーダ先生は生徒を集めて学校へ連れもどそうとした。けれど、ジョーをはじめ、ほとんどの生徒はそれをすりぬけて家に帰ってしまった。家に向かい、人通りのなくなった通りを歩きながら、ジョーはベンジャミンの手の感触《かんしょく》を思い出していた。ベンジャミンが告げた、たったひと言を思い出していた。ジョーに危険《きけん》が及《およ》ぶといけないから言わなかっただけで、言いたいことは山ほどあったはずだ。

その知らせは、ジョーが知らせるより先に家の人に伝わっていた。父さんは両手で頭をかかえて、テーブルに突《つ》っ伏《ぷ》していた。ジョーが入って行くと顔をあげた。その目は涙《なみだ》でいっぱいだった。

「自分を責《せ》めてはいけないわ」母さんが言って、父さんの手を頭から離《はな》すと、その手にキスをした。「私《わたし》たちは、できるだけのことをしたんですもの。全員が」

「そうだろうか？」おじいちゃんが厳《きび》しい声で言った。「たった今、私は広場にいた。ドイツ兵はわずか二十二人だ。こちらは百人以上の人数がいたというのに……われわれは、二人が連れて行かれるのを、ただ立って見ていただけだ」おじいちゃんは、顔を見られたくないのか、顔をそむけた。

「父さん、何があったの?」ジョーが聞いた。「子どもたちは、国境《こっきょう》を越《こ》えた?」

「ああそうだ」父さんが言った。「計画した通りに、子どもたちをスペインへ逃《に》がすことができた。予定した通りだ。夜中の十二時前には、国境に着いた。問題は、ただひとつ。あの女の子だ」

「リア」おじいちゃんが言った。

「あの子がベンジャミンから離れなかった」父さんが続けた。「ジョー、言っておくが、あんなのは見たことがない。あの小さな女の子の力といったら。力などないのに、ベンジャミンにしがみついたきり、手を放したらおぼれるとでもいうように、必死だった。それで、仕方なくいっしょにあの子を連れて小屋までもどった。それより他に、どうしようもなかった。それでも、がっかりはしていなかった。小屋にもどったベンジャミンとおれは、山をおりる前に祝杯《しゅくはい》をあげた。もちろん女の子は疲《つか》れ切っていたから、ロバに乗せて、出発した」父さんはグラスを空けて、手の甲《こう》で口をぬぐった。「その時だよ。おれは、てっきり、イノシシだと思った。でも、おかしなことに、ベンジャミンはすぐに相手がわかったようだった。まるで、待っていたかのように。女の子に、警告《けいこく》のような言葉を言った。何と言ったのかはわからなかったが、そのあとすぐにあのクマが木の間からのっしのっしと現《あらわ》れたから、そのことを言ったんだろう。クマは、まっすぐこちらへ向かってくる。ベンジャミンは立ち止まって、クマと向き合ったが、ロバは逃《に》げ出した。女の子は、死者の目も覚ますほどの大声で悲鳴をあげた。おれは、ロバと同じに走って逃げた。クマ相手に、戦えるものじゃないから。だが、振《ふ》り向《む》いて見ると、ベンジャミンが石を投げながら、クマに何かどなっている。クマはあともどりを始めた。信じられなかったが、その時思い出したんだ。ジョーが話してくれた、クマの子のことをね。ベンジャミンが連れて帰って育てたって。その話と考えあわせた。だから、おれもクマに石を投げた。クマは、後ろ足で立ち上がり、ボクシングをするように前足を振っている。おれたちは何度も何度も石を投げたが、まだこちらへ近づいて来る。そのうちに、あきらめがついたのか、足をおろして四つん這《ば》いになり、去って行った。その間じゅう、あの女の子はどこか後ろの方で泣きわめいていた。ロバは、谷間に逃げて行ってしまった。それで、おれはロバを追いかけ、ベンジャミンは女の子を追いかけた」父さんは、首を振り振り言った。「離《はな》れてはいけなかったんだ。あいつから、離れてはいけなかったんだ。五分ぐらいだったろう。ロバの気を静める時間が必要だった。ロバを連れ、木の間をぬけて、ベンジャミンのところへもどった。女の子は、永遠《えいえん》に泣きやまないかのように泣いていて、ベンジャミンがなだめていた。そこへ突然懐中《とつぜんかいちゅう》電灯の光と、叫《さけ》び声《ごえ》がして、まわりじゅうにドイツ兵があふれた。おれがどうしたと思う？　暗闇《くらやみ》の中にうずくまって隠《かく》れた。おびえたウサギのように。それがおれのしたことだ。そのあと、全員が行ってしまったとわかるまで、そのまま隠れていた。おれが何だかわかるか？　ジョー、おまえの父親は、臆病者《おくびょうもの》だ」

ジョーは手をのばして、父さんの肩《かた》に触《ふ》れた。

「ありがとうって、言ってた」ジョーが言った。「ベンジャミンだよ。ありがとうって」父さんは、顔をそむけた。

「だれかがアリスの所に、知らせに行かなくてはな」おじいちゃんが言った。「私《わたし》が一人で行けるかどうか、心もとないよ」

「私も行きましょう」母さんが言って、立ち上がると、身体にショールを巻《ま》き付けた。「ジョー、あなたは家にいて、クリスチナを見ていてね」そして、父さんの首に両腕《うで》を巻き付けて、頭のてっぺんにキスをした。「あなたは、山の小屋へもどったほうがいいわ。ヒツジは、自分で乳《ちち》しぼりをしないもの」そう言うと、おじいちゃんの腕をとった。「さあ、いっしょに行って、話しましょう」

洞穴《ほらあな》の子どもたちの国外脱出《だっしゅつ》の日からしばらくの間というもの、季節外れの霧《きり》が村にかかったが、それは村人たちの気分にぴったり合っていた。霧が晴れ、干《ほ》し草《くさ》を刈《か》り始める頃《ころ》になってもまだ、村人の心は晴れず、気分は明るくならなかった。戦争のニュースが入ってきてもまだ。それは朗報《ろうほう》で、フランスは北部から順次解放《かいほう》され、南部も解放されたというニュースだった。占領《せんりょう》の終了《しゅうりょう》は遠くない。それでも、レスキュンでは狂喜《きょうき》する人間はいなかった。

今ではドイツ兵に話しかける者は村にはいない。ドイツ兵のすがたを見ると、みんな背《せ》を向けて歩き去った。ドイツ兵たちも、カフェにやってくることはほとんどなくなったが、たまに来たとしても、敵意《てきい》に満ちた沈黙《ちんもく》に迎《むか》えられて、すぐに退散《たいさん》するようだった。先の大戦の話を懐《なつ》かしむこともなく、子どもたちがお菓子《かし》をもらうこともなくなった。

ジョーは伍長《ごちょう》を避《さ》けるために、努力の限《かぎ》りをつくした。ベンジャミンとリアの身に起きたことで、伍長を責《せ》めたわけではない。伍長のせいではないことは、ジョーも知っていた。ただ、伍長も、敵の軍服を着た一人の兵隊だと思い知ったからだ。伍長は善良《ぜんりょう》で、親切な人だ。それは確実《かくじつ》にわかっている。それでも、やはり、敵側の人間なのだ。伍長を避けるのは簡単《かんたん》ではなかった。何度か通りで、伍長と目が合うことがあったが、言葉を交わさなかった。あの夕方までは。その時ジョーは土砂降《どしゃぶ》りにあい、教会のポーチに駆《か》け込《こ》んで雨宿りをしようとしたのだ。頭から上着をかぶっていたジョーが上着をとった時、すぐそばの陰《かげ》になった所に伍長が立っているのに気づくことになったのだった。

「やあ、ジョー」伍長に声をかけられ、とっさにジョーはそこから逃《に》げようとした。「ジョー、だれも見ていないよ」伍長は帽子《ぼうし》を脱《ぬ》いで振《ふ》ってみせた。「ユベールが、双眼鏡《そうがんきょう》を返してきたよ」

「知ってます」ジョーが言った。

「でも、ユベールが作ってくれた、あのミニチュア細工のカップは、もらっておく。何もかも終わったら、故郷《こきょう》に持って帰るつもりだ。帰るのも、そう遠くないと思う。あのカップは、この村の思い出になる。ユベールの、それからジョーとの思い出にね」

「あの二人は、収容所《しゅうようじょ》に連れて行かれたんですね？」

ジョーの質問《しつもん》に、伍長は答えなかった。

「でも、どうしてですか？」ジョーは重ねて聞いた。「何のために？　あの人たちが何をしたっていうんです？」

伍長は深く息を吸《す》って、それをゆっくりはき出した。

「ジョー、私《わたし》には答えられないよ。答えも、理由もわからない。あれ以来、あの男と幼《おさな》い女の子のことを、ずいぶん考えた。それでもまだ、私にはわからない」

「ぼくの友だちだったんです」怒《いか》りをこめてジョーが言った。「二人とも友だちでした。彼《かれ》は、山に隠《かく》れていた。なぜだと思いますか？　娘《むすめ》さんが来るのを、待っていたんです。来たらいっしょにスペインへ逃《に》げる約束だったから。娘が来るまで、逃げるわけにいかなかったんだ」

「あの小さな女の子？　あの子が娘だったの？」

「あの子は、リア」ジョーが言った。「彼の娘は、アーニャ。アーニャはきっと来るって、いつも言ってたけど、来なかった」

伍長《ごちょう》は帽子《ぼうし》をかぶり、立ち去ろうとした。

「あの時山小屋でのこと。あなたには、わかっていたんでしょう？」ジョーは続けた。

伍長はうなずいた。「中に何かがあると思った。だれかか、何かか、ジョーが私《わたし》に見せたくないものがあると」

「あそこには、」ジョーが言った。「あそこには、ユダヤ人の子どもたちが十二人いたんです。その子たちは逃げました。リア以外は、みんな国外へ逃げたんです」その声には、隠しきれない勝利の気持ちがあふれていた。

「それは、それは」伍長が言った。「それは、すごい。アウフ　ヴィーダーゼン（さようなら）ジョー」そう言って外套《がいとう》の襟《えり》を立てると、雨の中に出て行った。

それから数日後、干《ほ》し草《くさ》を積んだ荷車で帰ってきた時、ジョーは遠くで雷《かみなり》が鳴るような音が聞こえたと思った。母さんが馬を止め、おじいちゃんが片手《かたて》を上げた。雷ではなく、太鼓《たいこ》の音だった。ユベールの太鼓だ。置いていかないでとクリスチナが悲鳴をあげたが、ジョーは全速力で駆《か》けだしていた。走る道々気づくと、ほかの人たちもみんな走っている。まわりじゅうの人が駆けだしていて、太鼓の音が家々の壁《かべ》にこだまして、ユベールが二十もの太鼓をたたいているように聞こえる。広場に着くと、村人たちが抱《だ》き合って泣いている。「出ていった！」ジョーの耳に、そう聞こえた。「ドイツ兵が出ていった！」

教会の鐘《かね》が鳴り響《ひび》き、ムッシュ・サートルが村役場の窓《まど》から身を乗り出して、色褪《あ》せた三色旗を手にしているが、なかなか掲揚《けいよう》ポールにとりつけられない。ようやく国旗が揚《あ》がると、拍手《はくしゅ》と歓声《かんせい》が起こり、ローランが何を自分の耳に向かって叫《さけ》んでいるのか、初め、ジョーには聞き取れなかった。

「ユベールが！」ローランは言っていた。「ユベールを見ろ」カフェの外では、男たちが腕《うで》を組んでダンスをしながら、ビンに口をつけてがぶ飲みしている。ユベールは太鼓のそばに立って、まるで水のようにワインを飲んでいた。すぐに一本空にすると、両手を天に向かって突《つ》き上げた。ゲラゲラ笑いながら、涙《なみだ》を流している。次にジョーが見た時には、ユベールはクリスチナといっしょに広場を踊《おど》り回っていた。ダンスというより、滅茶苦茶《めちゃくちゃ》な駆《か》け足だったが、クリスチナは大喜びだった。

　ムッシュ・サートルが戦没者記念碑《せんぼつしゃきねんひ》の上に立って演説《えんぜつ》をしようとするが、だれも聞いていないので、あきらめてワインのビンを手に持ったままラ・マルセイエーズを歌い出した。しまいには、村じゅうの人が腕《うで》を組んで、いっしょに歌っていた。その時、ラサール神父が駆け込《こ》んできた。「急いで！」そう叫《さけ》んで、ムッシュ・サートルの腕をつかんだ。「早く。ユベールが、教会の墓地《ぼち》に。とんでもないことを。墓石《はかいし》のひとつをどけて、開けようとしています」それを聞いて、どの墓石かジョーにはピンときた。

　ジョーはだれよりも先にそこに着いた。墓石は動かされていて、ユベールのすがたはどこにも見えない。おじいちゃんのライフルがあるかどうか、中を見るまでもない。ないだろうとわかっていた。墓地の塀《へい》から、ユベールが飛び跳《は》ねるように丘《おか》を下っていくのが見える。ライフルを頭の上に掲《かか》げている。村の下の方の曲がりくねった道を、灰色《はいいろ》のドイツ兵の隊列が下って行く。先頭を行くのは、馬に乗ったヴァイスマン中尉《ちゅうい》だ。

「やめろ、ユベール！　やめろ！」ジョーがどなると、ヴァイスマン中尉が馬の上でふりかえり、こちらを見た。

「撃《う》つな！」ジョーはどなった。「撃つな！」ユベールが立ち止まった。ライフルをドイツ兵に向けた。ジョーは塀を飛び越《こ》えて、両手を振《ふ》りながら大声で叫んで駆けだした。溝《みぞ》を飛び越し、生垣《いけがき》につまずきながら、叫んで走った。

「ユベール！　ユベール！　やめろ！　やめろ！」

ジョーは銃撃《じゅうげき》を目にしなかった。木の根につまずいて転び、起き上がった時に銃声が聴《き》こえたのだ。二発だった。すぐにユベールがいた場所を見たが、すがたがなかった。

手に銃を持ったヴァイスマン中尉が丘を駆けあがってきた。丈《たけ》の高い草の上に、仰向《あおむ》けになったユベールが倒《たお》れていた。手にライフルを持ったままだった。その目は太陽に向いていたが、もう、何も見ていなかった。靴《くつ》のわきの草に流れる血を見て、ジョーは何年も前に広場の椅子《いす》の上に寝《ね》かされたクマを思い出した。人間の血も、クマの血と同じなんだな。人影《ひとかげ》が落ちるのを感じて見上げると、ヴァイスマン中尉が見下ろしていた。ユベールのかたわらに身をかがめ、首の脈を調べた。「気の毒に」そう言うと、立ち上がった。「申《もう》し訳《わけ》ない。大変申し訳ない」

「撃つつもりなんて、なかったんです」立ち去る中尉に、ジョーが言った。さらに、その背中《せなか》に向かって叫んだ。「撃つつもりなんて、なかったんだ！　撃つつもりなんて……」

それから数か月後、戦争は終わった。捕虜収容所《ほりょしゅうようじょ》にいた男たちのほとんどが村に帰ってきた。だれもが、ベンジャミンとリアの情報《じょうほう》を知りたがったが、何も手がかりがなかった。その代わりに、最初の衝撃的《しょうげきてき》な噂《うわさ》が入って来た。強制収容所《きょうせいしゅうようじょ》では、ユダヤ人などが大量に虐殺《ぎゃくさつ》されたという噂だった。新聞に写真が掲載《けいさい》され、ラジオで報告《ほうこく》が流れても、オルカーダさんは頑《がん》として信じようとしなかった。ジョーは、ベンジャミンの金言に望みをかけていた。「待って、祈《いの》る」ベンジャミンは、何度もそう言った。「待って、祈る」けれど、一人冷たい教会の中で、ジョーは両手に顔を埋《う》めて泣いた。祈っても、もう遅《おそ》いとわかっていたから。

オーダ先生は、当局に問い合わせをしていた。どうやら、ベンジャミンとリアは、まず三十キロ離《はな》れたグールの収容所に連行された。そこから、アウシュビッツに送られたようだ。アウシュビッツは地獄《じごく》の収容所だと、先生は言った。生還《せいかん》した者は、何人もいない。生還者の中にベンジャミンとリアの名前はなかった。二人は故郷《こきょう》に帰ることができなかった。何百万人ものユダヤ人とともに。

おじいちゃんは、常《つね》にオルカーダさんにニュースを届《とど》け、暗い悲しみの日々にいつも変わらずなぐさめのもととなった。冬になり初雪が降《ふ》る直前に二人が結婚《けっこん》した時にも、驚《おどろ》く者はなかった。「また、やりなおすために」と言いおいて、おじいちゃんはジョーの家を出て行き、オルカーダさんの農場に引《ひ》っ越《こ》した。ブタをいっしょに連れて行ったから、ブタが好きになれない父さんは大喜びだった。

翌年《よくねん》の夏にジョーは学校を卒業して、一人前のヒツジ飼《か》いになった。話し相手に犬のロウフだけを伴《ともな》い、ヒツジを連れて山の放牧場へ行き、父さんや、おじいちゃんがやってきたように山小屋でひと夏を過《す》ごすようになった。今はもう、ロウフ以外に相棒《あいぼう》はいない。ジョーは仕事に打ち込んだ。心にうずく痛《いた》みを忘《わす》れるには、それがただひとつの方法だったから。それでも、小屋で眠《ねむ》る夜には、ユベール、ベンジャミン、リアの顔が夢《ゆめ》の中に現《あらわ》れては消えるのだった。

ある日曜日、チーズ造《づく》りを終えたジョーはロウフといっしょにベッドで休んでいた。最初に人声に気づいたのはロウフだった。やがてジョーの耳に、父さんの咳《せき》と、ぺちゃくちゃしゃべるクリスチナの声が聞こえた。日曜にはよくピクニックがてら、家族が山へやってくることがあった。ジョーは、愛想良くしなければと、身構《みがま》えた。父さんは、ヒツジのことを何から何まで聞きたがるし、クリスチナはロバに乗りたがるだろう。ところが、驚いたことにオルカーダさんの声まで聞こえてくるではないか。ジョーがベッドから足をおろした時、おじいちゃんが小屋の扉《とびら》から頭をのぞかせた。

「お邪魔《じゃま》じゃないかな?」おじいちゃんが言った。

ジョーはまぶしい陽射《ひざ》しに目をしばたたき、良く見ようと片手《かたて》を目の上にかざした。みんながいた。父さんがオルカーダさんに手を貸《か》して馬からおろしてあげている。母さんの腕《うで》には、ピクニックバスケットがある。ロウフはクリスチナの肩《かた》に前足をかけて、いつものように騒々《そうぞう》しくあいさつをしている。はずみでクリスチナは後ろによろけ、ロウフを身体の上に乗せたままどすんとしりもちをついた。クリスチナが笑い、みんなが大笑いした。

「ジョー」オルカーダさんがスカートからほこりを払《はら》いながら言った。「口がきけなくなったのかい？　お客さんにあいさつもできないのかね？」

「お客さんって？」ジョーが聞いた。

その時、その女の子に気がついた。まっすぐジョーの前に歩いてくる。赤い髪《かみ》の毛を目から振《ふ》り払い、耳にかけて、その女の子が言った。

「アーニャです。こんにちは」

訳者《やくしゃ》あとがき

この本は、一九九〇年にイギリスで刊行《かんこう》された *Waiting for Anya* の日本語訳です。原書は一九九〇年度カーネギー賞候補《こうほ》作品になった他、ドイツ語版《ばん》は二〇一〇年ドイツ児童文学賞児童書部門にノミネートされました。

第二次世界大戦中、ナチス・ドイツがパリに侵攻《しんこう》して北部フランスを占領《せんりょう》した時代の物語です。主人公のヒツジ飼《か》いの少年ジョーが住む、フランス南西部、ピレネー山脈の麓《ふもと》にある小さな村レスキュンにも、国境警備《こっきょうけいび》のためにドイツ軍の一隊が駐屯《ちゅうとん》することになり、平和だった山奥《やまおく》の村の暮《く》らしは一変します。家にある銃器《じゅうき》の没収《ぼっしゅう》。夜間外出禁止《きんし》。国境のパトロール……。大好きな父さんを捕虜《ほりょ》にしたドイツ軍の兵隊は、ジョーにとって「敵《てき》」のはず。けれども、気さくに話しかけられ、ワシをさがしていっしょに山歩きをするうちに、ドイツ人の伍長《ごちょう》との間に奇妙《きみょう》な友情《ゆうじょう》が生まれます。そんな伍長の娘《むすめ》が、ベルリンの空襲《くうしゅう》で亡《な》くなったという話を聞いた時には、ジョーの母さんは哀悼《あいとう》の涙《なみだ》を流し、おじいちゃんは「あの男が故郷《こきょう》の家にいて、家族を守っていればよかったんだ。そうするべきだった。だれもかれもそうするべきだった」と、やり場のない怒《いか》りを爆発《ばくはつ》させます。

一方、クマ狩《が》りの日に森でジョーが出会った謎《なぞ》の男は、村の嫌《きら》われ者オルカーダさんの娘婿《むすめむこ》ベンジャミンだと判明《はんめい》します。彼《かれ》がユダヤ人の子どもたちを集めてスペインへ逃《に》がす活動をしていることを知ったジョーは、秘密《ひみつ》を守ると約束し、いつしかまき込《こ》まれていきます。

物語の中でジョーは、ある時は喜び、またある時は悩《なや》み、おびえ、怒《いか》りながら、いくつもの問題に気づいていきます。

・善良《ぜんりょう》な人だろうと、どんなに戦争に疑問《ぎもん》を持っていようと、軍隊の中では組織《そしき》の決定に従《したが》わざるを得ないこと。（伍長《ごちょう》のように）

・戦争で過酷《かこく》な経験《けいけん》をした兵士は、帰還後《きかんご》も以前の生活に戻《もど》れないほどの傷《きず》を心身に負うこと。（父さんのように）

・ナチス支配下《しはいか》の国では、ユダヤ人というだけの理由で住処《すみか》を追われ、命まで失うこと。（ベンジャミンたちのように）

終盤《しゅうばん》、ジョーの一家は、ユダヤ人の子どもたちに国境《こっきょう》を越《こ》えさせる作戦を考え出します。最大の難問《なんもん》は、村人全員がドイツ側に秘密《ひみつ》を洩《も》らさず、協力してくれるかどうかです。ユダヤ人の逃亡《とうぼう》に手を貸《か》す者は銃殺《じゅうさつ》する、と宣告《せんこく》されている村人たちは当然しり込《ご》みしますが、最後には「これは、どうしてもやらなければならないこと」と、決心します。ジヨーの村では、毎年夏の間は家畜を涼しい高地に連れて行って放牧します。作戦とは、家畜を山に移動させる日を、いつもより大げさにして、村人総出のお祭り騒ぎにすること。ヒツジの大軍を追う村の子ども達の中にユダヤ人の子どもたちを紛れ込ませて、一緒に山へ登るのが目的です。大人も子どもも一致団結《いっちだんけつ》してかかる、命がけの大芝居《おおしばい》です。文字通りドイツ兵たちの目の前を、何千頭ものヒツジの鳴き声と鈴《すず》の音を響《ひび》かせながら白昼堂々と村の通りから山へと進むようすは、何度読んでも胸《むね》がすきます。

書名にあるアーニャとは、パリからレスキュンに逃亡する途中《とちゅう》ではぐれて行方不明になった、ベンジャミンの娘の名前です。アーニャは、希望の象徴《しょうちょう》となっています。

この作品は、モーパーゴ夫妻《ふさい》が、息子《むすこ》の結婚式《けっこんしき》のためにフランス南西部へ行った際《さい》の経験がもとになっているそうです。新婦《しんぷ》の薦《すす》めでスペインとの国境近くの村レスキュンを訪《おとず》れることにした夫妻は、途中で道に迷《まよ》い、クマの絵の看板《かんばん》の矢印に導《みちび》かれて別の村に着きました。そこには檻《おり》の中に寂《さび》し気に座《すわ》るクマの絵と、クマのジョジョの実話が記されていたのです。「川のそばで遊んでいた村の少年が、みなし子のクマに出会い、村で飼《か》うことになった。やがてクマのジョジョは観光客を呼《よ》ぶ目玉となり、クマのラベルのハチミツが村の特産となった」

その後、無事レスキュンに辿《たど》り着いてホテルに入った夫妻は、ホテルのロビーでもクマの毛皮と、一九四〇年頃《ごろ》のクマ狩《が》りの白黒写真に迎《むか》えられたのです。レスキュン滞在《たいざい》中には、大きな牧羊犬を連れて山道を散策《さんさく》したり、行き会ったヒツジ飼《か》いと話をしたりしました。ヒツジ飼い。クマ。ハチミツ。ヒツジのチーズ。国境《こっきょう》。牧羊犬……やがて著者《ちょしゃ》の頭の中で物語が形になり始めます。別の日には村人から戦争中の話を聞きました。村から山を越《こ》える道は、負傷兵《ふしょうへい》や、ユダヤ人などが国境を抜《ぬ》けて中立国スペインに逃《に》げるルートとなっていたこと。駐屯《ちゅうとん》したドイツ兵には年配者が多く、以前の大戦で兵役《へいえき》についた人もいて、村人と同じぐらい今回の戦争を嫌《きら》っていたなど、戦争中は子どもだった前村長も思い出を語りました。その後モーパーゴは、さらに多くの人から話を聞きました。フランスのユダヤ人たちが、家畜《かちく》のように貨車に詰《つ》め込《こ》まれて、多くはアウシュビッツやベルゲンベルゼン収容所《しゅうようじょ》へ運ばれたこと。レスキュンから数キロのギュルス収容所へ送られた者もいたことなど。後日ギュルス収容所跡《あと》も訪《おとず》れ、資料《しりょう》を調べ、取材を重ねた後、アーニャの物語を書き始めたそうです。

二〇二〇年二月には、ベン・クックソンが監督《かんとく》した映画《えいが》が、原書と同じ*Waiting for Anya*のタイトルでイギリス、アメリカ、カナダなどで公開されました。ジャン・レノ、アンジェリカ・ヒューストンなどの名優《めいゆう》を配し、Netflix配信のドラマで人気のティーンエイジャー、ノア・シュナップが主役のジョーを演《えん》じたことで話題になっています。この映画の製作《せいさく》では、実際《じっさい》にレスキュンなどピレネー地方で二週間の撮影《さつえい》が行われたそうです。興味《きょうみ》を持たれた方は、*Waiting for Anya*で検索《けんさく》してみてください。美しいピレネーの山々を背景《はいけい》に歩くヒツジの群《むれ》や、暗い洞穴《ほらあな》に隠《かく》れた子どもたちのすがたなどの短い映像《えいぞう》が紹介《しょうかい》されています。

佐藤見果夢

二〇二〇年二月

著者：マイケル・モーパーゴ Michael Morpurgo
1943年、イギリス生まれ。ロンドン大学キングス・カレッジ卒業。小学校教師を経て作家となり、とりわけ児童文学作品を数多く発表。この分野で、現代イギリスを代表する作家としての地位を確立している。2003〜2005年桂冠児童文学作家。主な邦訳作品に、『戦火の馬』『ケンスケの王国』『世界で一番の贈りもの』『負けるな、ロビー！』『兵士ピースフル』『希望の海へ』『走れ、風のように』『おじいちゃんがのこしたものは…』（いずれも評論社）などがある。

訳者：佐藤見果夢（さとう・みかむ）
1951年、神奈川県生まれ。絵本や児童文学の翻訳家。主な訳書に、M・モーパーゴの諸作品のほかに、S.ジェンキンズ『こんなしっぽで なにするの？』『これが ほんとの 大きさ』、K・バーンヒル『月の光を飲んだ少女』、S・ペニーパッカー『キツネのパックス』（ともに評論社）などがある。

アーニャは、きっと来る
二〇二〇年 三 月三〇日 初版発行
二〇二〇年一二月二〇日 二刷発行
●著 者 マイケル・モーパーゴ
●訳 者 佐藤見果夢
●発行者 竹下晴信
●発行所 株式会社評論社
〒162-0815 東京都新宿区筑土八幡町二-二一
電話 営業 〇三-三二六〇-九四〇九
編集 〇三-三二六〇-九四〇三
振替 〇〇一八〇-一-七二九四
●印刷所 中央精版印刷株式会社
●製本所 中央精版印刷株式会社
落丁・乱丁本は本社にておとりかえいたします。

ISBN 978-4-566-01452-7 NDC933 208p. 188㎜×128㎜
http://www.hyoronsha.co.jp

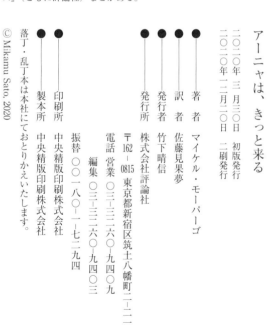

マイケル・モーパーゴ作品

戦火の馬
佐藤見果夢　訳

第一次大戦に、軍馬として徴用された馬の口を借り、戦争の悲惨さを語る。演劇化されてトニー賞を獲得するなど大好評を博し、スピルバーグによって映画化もされた。

208ページ

世界で一番の贈りもの
佐藤見果夢　訳

一九一四年のクリスマス、公式記録には存在しないが、戦場の最前線で自然発生的に奇跡の休戦が行われたという実話に基づく、美しく感動的な物語。イラスト入り。

42ページ

兵士ピースフル
佐藤見果夢　訳

戦場での犠牲者は敵の銃弾に倒れた者ばかりではなかった。簡単な裁判の後、申し開きの機会も与えられず銃殺された人々。戦争は人間を狂気に駆り立てる。

230ページ

希望の海へ
佐藤見果夢　訳

戦災孤児のアーサーは、養子に行った先のオーストラリアで過酷な日々を過ごす……彼の夢は、娘のアリーに引き継がれていく。実話に基づく、父娘二代に亘る感動の物語。

304ページ